雅众诗丛·国内卷

半夜待雪喊我

廖伟棠 著

廖伟棠二十五年诗选

上海三联书店

雅众文化　出品

作者简介

廖伟棠，诗人、作家、摄影家，曾获香港青年文学奖、香港中文文学奖、《中国时报》文学奖、《联合报》文学奖及香港中文文学双年奖等，香港艺术发展奖2012年年度艺术家（文学）。

曾出版诗集《八尺雪意》《野蛮夜歌》《春盏》《樱桃与金刚》《后觉书》十余种，散文集《衣锦夜行》《有情枝》，小说集《十八条小巷的战争游戏》，评论集"异托邦指南"系列，摄影集《孤独的中国》《巴黎无题剧照》《寻找仓央嘉措》《微暗行星》等。

目 录

辑 一

一九八三年夏天

一九八三年夏天，黑夜将临，暮色
包围屋子，使我们感到与世隔绝
奶奶坐在厨房的黑暗中
还没有知道爷爷在香港去世的消息

蜻蜓飞进我们的院子
鸡蛋花树下落满了枯叶
妹妹已经三岁，在花园中睡着了
微风吹乱她的短发，她的梦她将会忘记

奶奶在厨房中点燃第一根木柴
离开这里的人们，至今都没有归来
落叶在地上堆积，蜻蜓在风中迷失
木柴暗淡的火光，照亮窗外我的脸

一九八三年夏天，寂静的村庄神色黯然
在黑暗中仿佛有雨水滴落我的双手
我，一个夜了还站在门外的男孩
凝望着黑暗，突然听见了远方山神的歌唱

1997.8.3

骨灰堂情歌

这太狭窄的天堂，死者
空洞的面影充斥四面八方。
死者满溢的目光只注视
这唯一还未能得到拯救的一个人——
他在寻找，他那么辽阔的鬼魂，也会在
这石板垒着石板的方寸之地安身？

当我在骨灰前边，描绘着火焰
大理石的阴影伤害了热情的双眼。
我拯救了一个微笑的少女
我拯救了一个微笑的灵薄狱
烟火点燃，苹果缭绕生命
这是一百年前的肖像，我说：我们。

我说：无边的死者。青苔累累的沉默
把唯一的供桌迅速包围。
哦，我们的嘴唇还有声音的污渍，
我们。但太多的名字在腐蚀空气

满溢的目光只注视

这唯一未能偿还债务的身体。
我用以买卖的双手，哦，这水是血！
我们在寻找，在这太光明的阴间——
我在寻找，我们曾经蜗居的一个角落
这唯一的爱慕，是水，是昼夜的清洗

1997.10.19

当鱼们审视自身

当鱼们审视自身，锋利的刀刃
从嘴唇滑下到洁白的肚腹
鱼们的死亡，像一具眩晕的西塔琴

在印度，想象了一切血流中的极乐
像一柄颤抖的剑，剖开
双眼中波动不止的水

当鱼们再审视自身，平静的天堂
在青色的鱼鳞下像黑暗掩伏
淤泥深处，荷花交换着声音

荷花是尸体的吞噬，灵魂的香气
西塔琴奏鸣，鱼们没有了嘴唇
也没有了，呼吸点燃的灯

当鱼们第三次审视自身，又一天了
诗人在水中浸没，他那流逝的手腕
那流逝交换了鱼们的生命

谁是他和它们的光？鱼们知道

但鱼们奏鸣，水越深，歌声就越漫长

1997.10.21

停车场

停车场上有水。灯的光在水的线上游走，
像受伤的蛇——像一百条
受伤的蛇。
停车场上，二十三辆公共汽车空余躯壳
没有乘客，静静偃伏。

一百盏灯同时亮起，同时熄灭。
第二天，
　　　　水已干涸，
二十三辆公共汽车空余灵魂，静静偃伏；
左边市场，传来死鱼和猪肉的气味。

像受伤的蛇——像一百条
受伤的蛇。
灯的光在我水做的手腕上游走。
当我下班穿过，停车场，疲倦的脚底
隔着袜子和鞋——感到
停车场的沉默：它的混凝土和沥青（移动着）；
它地底深处的雨、雨中的裸体；

我感到它的平坦：没有向我走过的一侧

倾斜。

1998.4.11

豆豉鲮鱼罐头

现在，那罐头盖被打开，铁皮闪着虹彩。
那被压在最下面的鲮鱼可以说话了，
但它不说……多久了？和黑黑的豆豉、黑黑的油
挤在一起；和同伴们（也许互相怨恨的）
也是有口难言的尸体挤在一起。

现在，它决定把它们放弃，
它决心让金黄的、开裂的伤口充满香气。
那铁皮的边缘锋利，让我流了不少血；
那被留到最后的风暴，可以爆发了，破坏了！

鲮鱼的仇恨令满身的骨头更加雪白，
令满身的肉汹涌起波浪——
现在，湍急的河流通过我的口唇、牙齿。
噢，这盲目的河流、六月、产卵期。甚至是断了头的……

鲮鱼！我们分享这封存了几百个日夜的光，
称谢它的美。黑黑的豆豉底下好像有闪电；
黑黑的油淌滴着，夏天、树叶、池塘荫凉……
现在，它决定把我们宽恕。

1998.5.6

花园的角落，或角落的花园

1

"变化的／是不变的意志。"

花园的角落，用音节和瓦砾建造角落的花园。

一只蜘蛛沿着我的前额下降，像沉入

水中：

   它的银丝垂入我的眼瞳。

谈论花园，不如用蜘蛛的言语去丈量，三百种昆虫

    死亡的线索。

     不如躺卧在花园的角落里，紫藤花的

      棚架下——

开始冥想，开始对着树根旁一朵枯萎多时的香兰花

唱一首歌，带领

    童年进入秋蝉蜕下的薄壳。

我看见了阳光弥漫瞳孔的狭窄苍穹

像蜘蛛丝

   振响。蠓虫爬满了树皮，而树皮底下

白晃晃的裸体在歌唱：

    蠓虫！我的头，我细小的手臂

在睡意中寂静了，慢慢垂下……

梦见另一个人，手执线装书《诗经》

沉吟……

"他知道我在此古国的一角逃避烽烟乱世；

是的，他知道，我夜读何书；

我在几更出户观星，猜想国事；

我的头发为何在盛年斑白。"

抚摸着我的头——被三百种植物的神秘气息

所灌注的头。梦见了曼陀罗和菟丝草婚姻

的头：

仅仅六岁，在苔藓与砖石间，难以承受这么多事——

一座花园的建筑，在他的想象中

是旧社会一个落泊的读书人平日

无聊的游艺，代替格律诗。

而昆虫们的不幸，只是为了抵偿

繁花盛开的幸福，

在他舔尖的毛笔头上，一只蝴蝶像一座角落

的花园：

展开了翅。仅仅十岁，耽读《红楼梦》

令他翻开墙角的瓦片，观看潮湿的泥中

小虫们逃离的痕迹，寻找大观园的建筑图纸。

黄昏来临，母亲关上旧木门，他仍留在外面。

头发斑白的年青隐士告诉他："与其谈论乡村情事、河畔竹林，

不如用落叶代替游鱼，在黄昏的阴影中

脱衣下沉。不如藏好禁书，沉默在

角落的花园里，蠓虫梦中的

新月下。"

2

第二幅：月光下，邻居比我大两岁的男孩梦游

爬过花园的低矮围墙。他紧握的手心中

我相信：就藏着他梦见的

我家的花园。

蟋蟀鸣叫，却把我，而不是他

唤醒。

我的脸颊上还留着檀木桌的余香，

而我的手心，是昨夜绘画的墨迹——

沿着宣纸的反光，找寻隐秘的鸟窠，

花园的角落。

早晨了，角落的花园，

开门就看见你，多高兴！

你的脸就像树叶，

又出现了春天的波澜。还有绿色，

第一棵、第二棵、第三棵香兰花树上都长出了

新嫩的芽。

我从我透明的手指间看见你，我的赞叹

在你身体的每一个角落

花园出现。那是 1982 年的春节，我对你说：

"快点开花吧，我看完了这期《儿童文学》啦。"

童话插图里：一个男孩在胡桃国王的梦中

跌进了桃核里的春天：

这个男孩就是我。

看着母亲贴上新的门神、彩墨明丽，

又走进花园背后的阴暗胡同。

一朵野菊不能创造一座花园，一条蚯蚓或

一只蜜蜂也不能；

一片卷曲的落叶却可以。

我的花园，需要一套美的拓扑学：

树木们交错分立，香气按月光阳光推移而建筑，

每一根草和每一块石子上都有一个季节的纹路，

每一滴露珠中都有一个小神在窃窃细语。

而当你走进藤蔓深处，揭开一本书的书页，

就会找到一个熟睡的男孩，有些微的泥土落在他手上，

这泥土，就是泉源，花瓣的脚步。

这泥土，就是昆虫们在说话，

说："一座在指甲中嵌着的

旋转的花园

——水在流，变化已经完成 / 不会完成。"

1998.9.23—25

一九二七年春，帕斯捷尔纳克致茨维塔耶娃

我们多么草率地成了孤儿。玛琳娜，

这是我最后一次呼唤你的名字。

                      大雪落在

我锈迹斑斑的气管和肺叶上，

说吧：今夜，我的嗓音是一列被截停的火车，

你的名字是俄罗斯漫长的国境线。

我想象我们的相遇，在一场隆重的死亡背面

（玫瑰的矛盾贯穿了他硕大的心）；

在一九二七年春夜，我们在国境线上相遇

因此错过了

              这个呼啸着奔向终点的世界。

而今夜，你是舞曲，世界是错误。

当新年的钟声敲响的时候，百合花盛放

——他以他的死宣告了世纪的终结，

而不是我们尴尬的生存。

                    为什么我要对你们沉默？

当华尔兹舞曲奏起的时候，我在谢幕。

因为今夜，你是旋转，我是迷失。

当你转换舞伴的时候，我将在世界的留言册上

抹去我的名字。

　　　　玛琳娜，国境线上的舞会

停止，大雪落向我们各自孤单的命运。

我歌唱了这寒冷的春天，我歌唱了我们的废墟

……然后我又将沉默不语。

　　　　　　　　1999.4.27（选自组诗《末世吟》）

北京1910，一个女密谋家的下午

1

阳光淹没街道，黑暗隐于灰尘。
"踏踏踏"，国家的阴影流过她的发髻，
前进！这是一首《马赛曲》的速度。
一个朝代最后的病毒，在她裙脚后的阳光中游移。

在伦敦，特洛卫夫人刚好想起了她的下午茶。
然而不！这里是北京，茶馆里的空气"哗啦"一声
被打翻。她警觉地抬起头，哦，她微露的前颈，
像布朗基越过巴士底狱围墙的优雅身影。

"今日万事皆休，暗杀计划也已尘埃落定。"
朝代最后的病毒在茶水滴落的地方滋生。
"北京的茶好冰凉。瓷杯上隐隐
有了一点裂缝。"店小二的白毛巾扬起，在她看来

那并不像招魂的幡。"也许应该沾上一点血——
但不要太少。二十三年的初夜压着我
用一个男人沉默的嘴唇；我的左手上炸药的伤痕

又在隐隐作痛。"窗外，两个少年在打架，

揪着细长的辫子。"他们准是朝廷的密探，
图谋破坏革命的小奸细。"她叹一口气，
布朗基的眉毛牵动眼角，花木兰的红妆。
倒泻的茶水在乌木桌上漫淌着，好一篇演讲词！

连番的死亡，在风中嗡然鸣叫着的刀子！
一个男人尖细的三角眼向她转来，她心头一紧
连忙收拾起凌乱的新时代，匆匆走出茶馆门外：
阳光！偌大的京华在她面前倾斜。寂静。喝彩。

2

阴影从城郊向市井转移，横压城墙。
"踏踏踏"，阳光随着她的脚步退却，让位给尘埃
黑暗。她低着头，垂落一缕长发——
街道依然寂寞，一个人力车夫拉着一车空气跑过。

她走着，却仿佛在刚才那空车上坐着，
一个新时代摇摇晃晃的空虚令她有点脚步不稳。
尘埃，落叶，在不远处的胡同外一个婴孩
发出尖叫！她提起衣袖拭去额头上一滴汗，

腥腥的，就像血。"不知家乡的旱灾怎样了？"
翻倒了。以前人家在北京写信告诉她：
"北京的秋天就像一辆空荡荡的大马车跑过
空荡荡的街巷。"现在，她看见了那跌碎的马灯。

那婴孩的哭声越来越近，就像二十三年前的一个夏天
她出生，"那时杭州也有灾情，但是水灾。"
白茫茫的结着布幡的灵船一只只划过
白茫茫的大水，运送着她的祖先们黑瘦的尸体。

她走到街巷的尽头，从围墙上的小花窗向里望去：
哭声变成了京剧，院子里空无一人，但有二胡呜咽。
她看见飞舞的水袖，那洪水般的青色漫过了
灰暗的天；静极，她听见她母亲唱《苏三起解》。

一个新时代闪闪发亮的胚胎令她有点晕眩、恶心。
"好悲惨哪，夕阳中，满船的人睡着了，漂向远方。"
像有一连串的子弹打碎她身上的戏袍珠饰，
她靠在墙上，胸脯起伏，大力呼吸着未来的空气。

3

京城的天空密布乌云，稀薄的影子也隐而不见。

"踏踏踏"，很快，这划破寂静的脚步声也不复闻，
但是现在到了一首《马赛曲》的回旋处！
现在是一首《国际歌》（她听到吗？），开始时低回、喑哑。

一个英俊的男子与她交臂而过，向她丢了一个眼色，
这令她困惑：她记不起他是一个密探，还是另一个密谋家？
"反正眉毛都藏在毡帽底下。"也许，他是她曾经的情人，
但是现在，她有一把冰冷的匕首紧贴着她的大腿。

"是的，革命与情欲不能分开。"就像巴枯宁
眉目动人。（快点回家吧，腥风血雨即将落下）
在另一侧大街的方向，她听见有人群欢唱簇拥着
他们的拿撒勒之王走向城郊的断头台。

"也许我终将戮杀自己的性命，成为第一个
与革命拥抱的女人，陷入最终的，真正的欢愉。"
她在能遥望刑场的街角默默站立了一阵，低下头
系紧了暗红的衣襟。但是现在，满天的乌云挪开了一线，

有一道峻嶒的阳光迅速扫过这片血迹斑斑的大地！
她听到吗？一把雪白的匕首直贯她的脊梁——
在一首《马赛曲》的回旋处，音乐之上有刀剑在鸣响！
迅速沉寂下来，她又迈步前行，走进满城的乌云中。

她熟悉布朗基的火药味，熟悉马克思所谓"革命的即兴诗"；

"下午终于过去了，将要是我们精研炼金术的好时光，不知道她们是否已带来了一个新时代的灵感。"

她回到客栈，天色在她密谋的曙光中渐渐陷入黑暗。

1999.6.27

致一位南比克瓦拉族印第安少女

我在忧郁的热带看见你，
在李维史陀滴沥着雨水的文字之间，
像篝火熄灭后的余烬般暗红色的，是你的笑。
你天真地笑着，猴子"鲁西达"爬在你的头上。

苦涩的河水断续地流着，又快到干旱的季节；
你是否听到了你父亲和兄弟们狩猎归来的歌声？
星星笼罩荒凉的四野，而阳光
还是照耀着你的脸，你眯着眼。

李维史陀已经老去，印第安的森林、
森林的神祇已经枯萎——那金刚鹦鹉的羽毛
已经不能带着一个孤独的民族飞向远方。

在远方，你也苍老了，也许是最后一个部落中
最后一个记得森林的传说的老祖母了；
没有苍老的，只有你留在人类学家照片中的微笑。

以你赤裸的身体、你除了颈上
一串蚌壳项链以外一无所有的幸福生命，
你告诉他：昨晚你梦见什么。

一百年来你梦见什么，一百年来你的族人梦见什么，

数千年来我们、这些终将消失的人们梦见什么。

老祖母，我们内心祭坛中永远的少女之神，

猴子"鲁西达"爬在你的头上，森林"母亲"搂抱着你。

就像你的母亲——酋长的妻子用树皮巾背着年幼的你

走过一片片沼泽和荒原，迁移到一个新的世界——

也许是一个更贫瘠的世界，但是新的世界。

数千年对你算什么，一串蚌壳项链，一句湿润的

求雨的歌将把你带到时间源初的泉水深处。

我们的文字与忧郁又算什么？

当一个时代最终腐朽的风吹过，

另一个时代崭新的风又迎面吹来，我仍会记得

你的传说：

男人死去后会变成月光下的美洲豹

寻找着黑夜的乳房；

而女人死去后，她们的灵魂

会飘散于狂风暴雨之中，随着洋流、

时光的变幻，吹入大洋彼岸一个新生儿的唇间。

1999.11.24（本诗获第二十二届《联合报》文学奖新诗大奖）

24

冬日致曼德尔施塔姆

那只血液沉重的鹰
东张西望地飞翔，飞翔
——曼德尔施塔姆

哦，曼德尔施塔姆，你这幽灵的地志学！
你从彼得堡引出的燕子飞行虚线有多长？
和布拉格一个土地测量员的坐标尺重合。
你声称：你是无辜的，你只是一个低于30度的锐角，
不便于冬天积雪滑落。

你是快乐的，"那一年冬天，我们破了，
在破破烂烂的沃罗涅日。"他写信来作弄你，
你像一个澄亮的玻璃瓶，格格格地笑了。
你裹紧你的旧大衣，仍然皮包骨头、空空荡荡。
冬天这处女之神，像一根弧线在你怀中下落，
无限接近但永不相交。永不。

纵然你歌唱，大雪纷霖，还是把你刮去了一半：
那落在雪地上的阴影向着饥饿地咆哮着的
一个透明的胃倾斜。"我被冻僵了。"

在最后的日子，你向命运发出一封封空白的信，

而且你也把所有的地址都写错了，

纵然你是个幽灵，测量过令你迷路的这个世界。

水银柱还能再一步下降吗？

在一支结冰的钢笔里，新时代带着繁花现身，

像波提切利的春天女神：左左，右右，

挤满了古古怪怪的人。

哦，曼德尔施塔姆，纵然你不是只轻盈的天使，

风还是愿意带你飞走。纵然你手上捧着贝壳，

口袋里却塞满了石头……

走在破破烂烂的沃罗涅日。你被太阳冻僵了

直得像一把尺子，测量着雪地上一个墓和另一个墓、

一朵雪花和另一朵雪花的距离。

1999.12.21

猫头鹰诗章

——献给 艾兹拉·庞德

在季节冰冷地死去之前

生于西风的肩头

我升起在灿烂的天空

——艾兹拉·庞德

序 诗

庞德！庞德！

　　　　呼叫艾兹拉·庞德——

像老猫头鹰　矫健的果中之火

　　　　掠过

　　　　　　欧罗巴暗红的夜空

日落，伟大的设计师。

　　　　请俯视

　　　　俯视下界群星璀璨。

漆黑的铁条

　　　　这囚笼

是你紧扼大地的利爪。

庞德！庞德！

　　　　呼叫艾兹拉·庞德——

大片明亮的风在灯火闪烁的城市中掀起——
安静。听，风在说话
有一个寻找天堂的巨人

      屈膝／折翼

              在泰山下。

1

升起在天堂的废墟

             伊甸园的洪水之上，
所有的山是同一座山。
所有的山都在你笔直的眼瞳前

      翻动！翻动一片片叫喊的树叶！
羽毛雪白的头，腐败社会中的一支箭

        曾经贴着露湿的水泥地板

        倾听
哦猫头鹰，请看好这囚笼里的风
在它变得更锋利之前。
一道光在铁栅之间刺出
把我划伤

      他的沉默，在冰冷的夜里

        仍然在焦灼的打字机上弯下身子
在焦灼的白昼

仍然在冰冷的打字机上弯下身子

　　"饮马长城窟

　　　水寒伤马骨"

可这马骨敲响

　　　　　　却因此有冰川的声音！

哦猫头鹰，请看好这荒野上的蹄印

在寻找我的姑娘发现它们之前。

月亮洗濯着

　　　　海伦的双乳

泰山的阴影

　　　　抚慰你被时代子夜的彗星

　　　　猛烈惊醒的双眼

　　沧浪之水清兮

芝诺的箭头　迅速掠过

　　　　静止的时间　历史

洁白的汉江江水啊

　　翻飞的衣襟　幡

　　芝诺的箭头　静止　没有沾血

暗红的黄昏

　　　　猫头鹰的背

　　　　（说吧！天堂和人间

　　　　　是一双沉重地逆风而上的巨翼）

哦猫头鹰，请看好珀耳塞福涅的谷物

在忘川把它们冲走之前。

"我们这些渡过忘川的人"……

沉默并非一切！

焚烧林莽——猫头鹰凄厉的叫声！

童年的子夜它盘旋在我的床盖之上

撕碎灰皱的帐子　　　潘·沃伦

　　　　　　　　火中的鬼魂……

敲敲马骨吧！

敲敲囚笼的铁爪

　　　敲敲这崚嶒、迅速的打字机。

哦猫头鹰，请看好这亡灵的卷轴

在尼罗河的曙光向你寻问第一个词之前。

咕——咕——

让欧罗巴的老挂钟颤抖着报时

　　　　　　时光的白翼

　　　　　　　　这是冉冉上升的早晨

泰山的阴影

　　　　　让我们把他带到杏花

　　　　　芳香的风中

这个坚硬如铜豌豆的老人

在酷烈的阳光中　注视

　　　合不上眼

然而仍有极黑　广阔的羽翼

　　　　　在大地上负载着我们破碎的

　　　　　乐园　基路伯发火的剑转动的

乐园　我肩负

　　亚当和夏娃疲乏的背影

哦猫头鹰，请看好我入睡的父亲

在比萨的义人向他扔第一块石头之前。

哦庞德，我的大师，你要离开意大利

就像你离开美国、英国

　　　　　　离开他们允诺予你的伊甸园。

福音书也有错误。

2

五十年前，他们把你关在

疯子、强奸犯和杀人犯的囚笼里，

　　让无罪的阳光把你清洗。

　　当然，你有罪

而且你不知悔改

　　　　　　你在阳光下盲目的利爪。

但是如果说："在这样的白色上

　　　　　　还能增加什么白色？"

那说的是你严峻的眉毛　翅尖，

说的是你的瞳仁　黑暗深处的光

"令人长忆谢玄晖"

你和他们一起洗濯着比萨的罪

伊利莎白精神病院　彼拉多的矛和荆冠。

大师，我在香港的囚笼

　　　　打磨它的铁条　赞美你的诗章——

　　　"在他时代的牢狱当中，

　　　他教导自由人怎样歌颂。"

我是这里唯一的一个疯子

　　　　所有在此路过的人请记住：

　　　　伊甸园的风哺育我

　　　　客西马尼园的风呼唤我

　　　　天堂的风磨蚀了我写下的字

　　　　1975—× × × ×

　　　　我是一块异乡人的墓碑

不对，重来：

　　　　我的名字写在水上

　　　　我空洞的背囊沉在水底

　　　　耶和华的愤怒淹没了我

　　　　挪亚宽敞的方舟亦将我遗弃

　　　　× × × ×—1975

　　　　而我是他的兄弟

哦猫头鹰，闪着晶亮的双眼

从那人声沉寂、垃圾堆积的街道飞上来。

我仍然想望

       灵魂的美妙夜晚　　泰山的天空

雨水沉积　　当白霜揪住你的帐篷

我应当感谢

       猫头鹰　　那羽毛　　一千支笔

荷马浩浩荡荡的船桨

            仍带我飞越潮涨的圆月

仍带我穿过，又浸淫于

          这碎裂的大地之国。

哦大师，我终于明白你的沉默

     因为这是一个求看神迹的邪恶时代！

"一个老说不的人"　　"一个日落西山的人"

     承认绝望意味着坚强。贝里曼已死

     这一代精英的头脑……

而你来看看——因为你，猫头鹰

你曾亲历过黑夜，你曾审视过黑夜

你敏锐的耳朵听过黑夜的咒文

   那么你来看看

这个在祖国被视为异乡人的诗人

是怎样彷徨在海风咸涩的沙岸

   向每个贫穷的人购买他们的词语？

"一个老说不的人"

——一块异乡人的墓碑

在一个入夜的大城市，节庆的喧嚣过后

我说不，我写下我的证词

（在我是原告也是被告的审判中）

不是为了换取宽恕。

在比萨的囚笼　泰山下　我写着

　　　　　　　　闻到墨水　黑夜的味

哦猫头鹰，闪着晶亮的双眼

在万物停止涌流的荒凉地铁站飞起来。

3

让欧罗巴的老挂钟颤抖着报时

——猫头鹰鸣叫，伸出尖利的钩嘴

　　在泰山下的帐篷中

　　有一个人醒来（猫头鹰鸣叫）睁眼

　　闭眼（猫头鹰鸣叫）有一个人睡去

　　在香港贫民区十五楼堆满落叶的房子。

"我努力不让它凋落。"

我指的是我"一个老说不的人""一个日落

　　　　　　　　　　西山的人"。

如果我满身的树叶需要燃烧

像威斯卡河的泥泞岸边一栋十五层的房子

哦猫头鹰，请沉默着在火焰中穿过

请看好我在水中摇晃的火。

时光的白翼轻轻拂拭

              我也有过快乐的日子。

从一个词到另一个词

我静静的 像一架喝醉的飞机在滑翔

从一棵树到另一棵树 一个花园

到另一个花园

          我的羽毛末端

静静地沐浴着黄昏柔和的光线

暗红的光线

        手风琴慢慢拉奏

              随着猫头鹰盘旋。

手风琴哑寂；起来

        记下昨晚破碎的梦

树枝上的猎物

（一个人在小汽车里发了疯）

        吃早餐，看报纸和电视各执一词的历史

车臣游击队的老妈妈在哭

（我多么想让你变得快乐）

        穿过停车场走进地铁站

今天我也幸福了，小女孩在晒太阳

（倒数：10 9 8 7 6 5 4 3……）

          猫头鹰深入土壤黑暗

      观察地铁 忽略人群

大老鼠在坑道里曳着火花飞窜

（甲壳虫们快乐的一天）

    踩踏一天的垃圾，我开始工作

在一家空荡荡的书店拍打苍蝇

    和上来探望的友人分享

八小时，猫头鹰睡眠

      八小时，在波德莱尔的眼睛中看时间。

手风琴哑寂：多尔默什自己的翼琴漆好了

    用那种奇特而神圣的朱砂调色

暗红的光线

迫切地投身黄昏

  迫切地 折断 哦拱扶垛

   书写！

哦猫头鹰，请展开坟墓里的双翼

请看好我琴弦上葡萄酒的火。

但如果我是自私的

    如果我明知跨越了囚笼

   仍难逃一死

那何必浪费那么多墨水和黑夜？

（只为了闻到墨水 黑夜的味？）

如果这一切只是一块异乡人的墓碑

    告知不幸者将留名后世：

告知地铁司机

  他将因为把车门开合

　　　　数十万次而留名后世

告知拾荒的老妇

　　　她将因为把垃圾从天堂

　　　　　移到贫民区而留名后世

告知办公室女士

　　　她将因为被老板和客户

　　　　　磨损她的笑而留名后世

告知黑社会小弟

　　　他将因为替大哥争女人

　　　　　肝肠涂地而留名后世

告知你　我

　　　因为诗章将被海水读烂

　　　　　　因为星球旋转　我们也旋转

　　　因为猫头鹰的歌

　　　　　翼琴　像一个初生婴儿

俄狄浦斯

　　　　在狮身人面像前拄杖走过

　　　习惯白昼的酷烈再也看不到黑夜的光。

哦猫头鹰，当人们从我和落日间走过

只有他的影子进入我的帐篷。

　　哦猫头鹰，不幸者的守护神

"晚了，太晚了，我才知道你的悲伤。"

　　　　　　（维永，1431？—1463以后，

　　　　　　尚未死去）

4

白云下，比萨的天空

在这一切美之中应当有结果。

像一个多雨之国的国王

　　　　　　　还是一只在水手间蹒跚的信天翁？

哦波德莱尔，不要在猫眼中看时间

猫头鹰将叼去你的左眼珠

　　　　　　　猫头鹰将叼去你的右眼珠。

那钢筋支耸　血肉模糊的翅膀

仍将拖曳着风雨　掠过二战后的欧罗巴大地

　　　　　　　八小时后　灯火通明的香港大街。

　　　　二十座摩天楼之中

　　　　　只有一个东西骤然熄灭，

　　　　　那是猫头鹰的黑暗。

雨敲击着，闪耀着长石的颜色

蓝如佐阿利海岸的飞鱼

像一架燃烧着的战斗机

　　　吭当吭当地在沉船上飞起。

哦你们这些上了岸的人

　　　　　　　这古怪的翅膀

　　　　　　　这古怪的愤怒脸

　　　　　　这古怪的求救声！

安静——秋日的黄昏里

　　　　　猫头鹰独自笑了（日本俳人·其角）

喂，太宰治，其角是谁？

你们在战火下给谁写的信这么优美？

　　　而这场战争需要你们的美去死！

铁笼折散的暮色里，做梦的眼睛亮——

　　　　　猫头鹰独自笑了

　　　　　　　　　　垂下头，它的美

微笑梳理整齐血污的羽毛

　　　　　　焦黑的　浩劫过后的词。

　　　猫头鹰回翔在秋风中

　　　　它是悲剧中弑君的那人。

这水是血！湿透的帐篷一片静寂

枯干的双眼在歇息

　　　　　　　　猫头鹰眼中，有诗在闪耀

世界在它似只一千根栅木

　　　　　一千根栅木后面仍然压来这庞大的世界！

里尔克，你看它眼圈下环绕的纹彩

冲激着　一排排潮浪　撞上岩石

　　　猝然喷溅出烈日下的箭

　　　　　　　　　　　盐的光！

在瞬间那低矮的囚笼高耸

如杜伊诺的古堡

俯视—凌乱

那破碎的巨翼　像可怕的天使

　　　　　　承诺："我熟识,

　　　　　　　　我愿意陪你到拉加斯去。"

说这话的　是最灿烂的一位

　　　　　　　这潮浪　将我们击毙。

　　　一个生者和一个死者

　　　是一回事。

　　　一个生者和一个死者和一只猫头鹰

　　　是一回事。

天堂和人间

是一双沉重地迎风坠落的巨翼

你却拖曳着砂石, 尘世的一切琐碎:

　　　囚犯们的粗野祷告

　　　　　　诗人们的优雅诅咒;

　　　拖曳着　汽油库　瞭望台

　　　　　　　　铁丝网　涡轮机

　　浩浩荡荡飞起　飞过

　　　　　　四月紫丁香残忍地盛开的地方

　　断爪下的荒原。

有一个画好的天堂在其尽头

　　　　　　没有一个画好的天堂在其尽头。

　　　我不知道该挑哪一个,

是天堂空虚之美，

还是大地繁杂之美，

是猫头鹰疾冲之时，

还是它独自发笑之际。

"因此我说我是艾兹拉，

在埃及，在那猫头鹰划分晨昏的埃及

那就是书记员——那跪着在泥板上书写的人的名字。"

有时　这利爪直接处理

　　　　　　　　　主观或客观　猎物

　　　　　毫不犹豫　折断树枝。

有时　这羽毛婉转

　　　　　　依照乐句的排列

　　　不是节拍机

而是同太阳一道在其光辉下音阶偏高的歌

　　　清越而嘹亮

潘·沃伦／火中的鬼魂

　　　　它向我迅速扑来

　　　它又骤然停止

　　　　　　　　展开神秘的笑。

　　哦伯利恒怀孕的处女

　　你为什么幻想鸽子？

　　难道你没见过猫头鹰

　　在你周围天使的翅间

　　沉思，耸峙。

41

我在窗前守候

　　　　看见旧马槽　开出白花

你的照片在伦敦　在比萨

　　　　　床柱上望着我　书写。

哦你的照片　你的阴影重重的照片

　　　　　你的皱领带照片，

泰山的阴影笼罩　风也吹摇

　　　　　唐棣之花／我的羞愧

未之思也，夫何远之有？

大片明亮的风在灯火闪烁的城市中掀起——

　　　　我听见　夜空　树叶在说话

时光的白翼

　　　熠熠闪过。

　　　　　　　快乐的日子在说话。

　　爱丽丝，镜子动荡，

　　猫头鹰应该悄悄消失。

护林之神啊，你的双目

　　　　如泰山顶上的云。

暗红的光线　手风琴动荡　竖起耳朵

　　　　欧罗巴的老挂钟喘出我的十二时，

词语的松果　啪地掉在地上

　　和粗糙的砂石相遇

　　和地下温柔的泉水相遇，

那就是在囚笼铁栅上的乐句

     黑鸟排列的无调性曲谱。

而在这一切之上，忘川的云飘过

    洒下沾湿世间万物的雨水

雪 落在大海 生者

     死者之上

猫头鹰，站在乔伊斯墓前。

  整个中午都如子夜，

  飞雪不断

  还将下雪。

  猫头鹰滑翔在

  泰山的阴影下。

老伊兹折起睡毯

我从未错待晨星和夜星

（观察猫头鹰的七种方式

     鸣谢史蒂文斯经理，1923，

     尚未受难）

5

因此我说我是艾兹拉

风抽打着我的喉咙 我是阿蒙斯

我是那飘扬的白花

在埃及，在那猫头鹰划分晨昏的埃及

那就是书记员——

　　那跪着在泥板上书写的人的名字。

哦猫头鹰，请看好这亡灵的卷轴

在尼罗河的曙光向你寻问第一个词之前。

死者，如果你有灵魂

　　　　　　　你是否听见

　　　在那新的羽茎中呼啸奏鸣的风声？

翼琴　借暗红的天色，曙光　我书写

在泥板上

　　　我书写泥土中的潮湿、繁殖，

在石壁上

　　　我书写空白　异乡人的墓碑，

在纸莎草上

　　　　我书写一只灵船／猫头鹰

　　　　满身的文字　在燃烧！

是谁人锻造

　　　这惊人的火光？

哦庞德！庞德！

　　　　呼叫艾兹拉·庞德——

布莱克　哦老虎！老虎！

　　　　　　　燃烧在黑夜的林莽！

我的子夜　我的十二时

那箭头锐利的眼睛在密叶丛中射击。

囚笼的一夜

　　　　大地上失乐园的一夜

那创造了黑夜的双手也创造了你。

庞德！庞德！

　　　　呼叫艾兹拉·庞德——

因此我说我是沙漠　双翼垂落

　　　　没有一只饿狼来把我终结，

在一次沉重的迫降之后

　　　　我记下了一行幸存者的足迹

　　　　　　虽然风旋即把它们磨灭。

死者，如果你有灵魂

　　　　　　你是否知道

　　　　那些蹚过忘川的人们最后的行踪？

向一个画好的天堂走去

向一个没有画好的天堂走去

　　　　原谅我

　　　　　　我烧毁了我们的灵船。

这支离破碎的复乐园

　　　　　　也许，我们都像

　　　　　　那被击落的天使在攀登。

　　　　生于西风的肩头

　　　　我升起在灿烂的天空

哦猫头鹰，请看好这灰烬：

尼罗河的诗，纸莎草，森林将重生。

安静。听，风在说话

有一个孩子，在灯火熄灭后仍走遍大地

                仍在观察

听，风在说话

当猫头鹰　安眠于雅典娜的前额

    一首诗　苏醒于杏花飘扬的

                泰山下。

                    2000.2.7—9

查理穿过庙街

　　——或：我们是不是的士司机？

在阿高家重看了三十年前的反叛电影

《的士司机》。就着血腥和愤怒

喝啤酒。过时的纯洁使我们的欲望变得怀旧，

查理建议我和他到庙街，撇下被爱情光顾的阿高。

这个议题其实早就是我一首诗的预备题目，

但我想写的是《查理穿过鸭寮街》，我想写

他拿起满街的旧相机、旧唱片时的快乐，还有

那些卖旧货的老头们的快乐。我想写，我们未老先衰。

庙街也是一个好题材，那里新东西的残旧

不亚于鸭寮街旧东西的新奇。

查理，和我一样出生于七十年代，却钟情于更早的

六十年代。他甚至跟五十年代也能融为一体：

走到哪里，他就是哪里的奇迹。满街

廉价货涌向我们，琳琅满目的野史、冒险纪和情欲。

《的士司机》的饥饿得由玩具汽车和玩具枪来喂饱，

我们穿过那些镀金的日子，仿佛两个视察农村的领导。

只有不歇的掌声提醒我们注意别的演员，

我们是在钱币的喧哗中谢幕的失业汉。

他一年没画一幅画，只有我还称他为画家，

我指点他观看地摊上层层叠叠的梵高的翻版。

"勇气毕竟可嘉！"我如此赞叹，

"你还要注意到它们都用了大刀阔斧的油彩。"

其实我还是想为自己寻找安慰。一个个尼泊尔女人

贡献着对麻织品的崇拜；一个个算命先生诅咒我们去死！

他们温厚的脸，他们英勇的眉毛又骗倒了

多少沉醉于厄运的青年。啤酒的麻醉还没消除，

厄运又来缠绕我们的脚：你的脚，牛仔裤绽开了线头；

你的鞋多么肮脏——我的血也不遑多让。

查理的目光只为旧社会所吸引，

但卖家们敲打瓷器或者表盖就能听出

我们空荡的回声。我翻动一件件夏威夷衬衫和异国情侣

——我迫不及待奔向切·格瓦拉的红色胡须！

还是《的士司机》的问题，我们疼痛的手掌

无法把手枪抓得更紧！"你忍心向这些拥有厄运者开枪吗？

你忍心不和他们一起分享厄运吗？"我的后裤兜里

还放着几块崭新的硬币。

不，查理，他的台词应该是这样："我要赎回
这个世界血淋淋的象征吗？我要赎回
这些面具、礼服、假皮鞋和翻唱 CD 吗？"我
把一大袋书从左手换到右手，我把思路的死胡同换来换去。

我们沿着庙街一直往前，走到尽头折回来
我才知道我们不是在兜圈子。也不是兜售
自己破旧的记忆。算命先生们，祖国观光客们
遍地的文物应该回归，遍地的安迪·沃霍尔应该升天！

唉，我重看三十年前的朋克司机才知道有一个
妓女一家大团圆的结局。我三十年的愤怒形同虚设，
对着满世界心满意足的杀手们我的血无处发泄。
但查理表示对导演的理解：他可不是查理·卓别林。

难道我们只能思考庙街的布景、光线？
怎么剪接我断落的肋骨？你
等待付款的青春片场？查理明天能挖到他的金矿吗？
我明天能发行我盗版香港的悲剧吗？能不能

回到庙街的入口来。两台戏此起彼伏叫器，
老花旦、老乐手们拉扯着六十七年前的琴弦、鼓钹，
把我们的记忆撕碎。最后只剩下鱼蛋档的老板在愤怒，

他愤怒地微笑，嘿！我们就找他来当替身。

查理，保留你的胡子吧，它们揭示了你的真实年岁。
最后，让我们回到庙街的入口来，
在血泊中把手枪藏好。在血泊中有华丽的浪潮，
让我们走。最后，让我们回到庙街的入口来。

2000.5.10

长日将尽

—— 献给 兰波

长日将尽。红色疾病在小鸟的肺叶上
开出小小的忍冬花。说话声像影子崩溃了，
镜中，有时会开出一队贝督因人的骑兵。

医生带命令来给在白吊床上悠悠晃晃的殖民者：
心脏上违反恶魔意愿兴建的教堂是时候清拆了。
于是像一只铃铛旋转着唱圣歌，小鸟
饰演的传教士打开了年轻黑人躯体上的大门。

长日将尽。身段优美的女用人将被释放，
但她哑了。一幕弑神剧的终场
在她伟大歌剧院的胸腹、双乳之间沉陷。
她的私生子在我翅翼高耸的护墙上涂鸦。

蜡烛从两头燃烧也许是一个老人变的戏法吧？
当然，那爬出白鸽的礼帽如今也爬出了
一个唱着滑稽小调的无头掘墓人。

噢，我已厌倦了妓院里的教义问答！
长日将尽。有时一个小天使的泪水也会叫人害怕。

2000.10（选自诗剧《玻利维亚地狱记》）

岁暮怀莫须有先生

——献给 废名

1

一个乌有的人在写信给一个乌有的人，
寒气吐露，我的袖中有一枝梅花。

洁白得有如一个初生的世界，然而弯折
它的枝干，孤单地伸进广阔的黑夜。

在战火中洗净，并光照着此世的繁华，
像月亮照着，一个做梦的人坠泪于井中。

一个身轻如微尘的人，素手拆开了白信封，
墨迹斑斑处，濡染一片桃花林，

看清了，却是我衣襟中的落雪，
它们无辜地来到这个世上，又像火焰飘下。

在林中一个乌有的人走进他沉重的肉身。
寒气吹化，我的血中有一枝梅花。

2

空气也暗淡了，我愿意就此消失空气中
像散步、做梦。一个人在空气中转身，

我更想象：他在一片树叶下隐身
像传说中的野狸猫，留下一个微笑。

微笑，坠泪，然而微笑。摇晃着
一轮迷迷蒙蒙的圆月，照一只树叶的空船。

几乎在百年前，一个孤僻的孩子漂到中国，
在树叶上流淌，一滴水灿如珠玉。

那狸猫又扑腾一下化作繁花遍地，
寒风却呼猎猎地吹卷起这个捡花的孩子。

如果你在这冬夜走到我床前，莫须有先生，
我将跟你说上面这么一个，好的故事。

3

你的烛光也那么暮暮沉沉了，我能猜想

那分叉的烛焰将闪烁出一只飞蛾。

明明灭灭，你扇一扇翅膀，我就走在桥上了
看一个影子像一个小小的灵魂流过。

我也走过那么多座花荫掩映的小桥，暮色里
却总不能叹一句：二十四桥明月夜。

拍遍了栏杆，仍是那一件青色的长衫，
承载了雪，承载了废墟，然后撑起一副硬骨架。

波心荡。暗暗换了，一个时代的旧风物，
明明地竖起一面旗，旗上却挂了小风铃。

你飞去的幽灵仍这么来回地吹弄，
在黑夜中，烛灯粉碎，却飘散了一天的铃声。

4

合上书卷，我仍是一个名字，日夕销磨。
像雪飘落了，你把它纺成一张纸，又是空白。

纸又拆散，又纺成信，纺成诗，

纺成麻布，纺成素衣。你走在一队葬礼的前面。

鱼姐姐哭了，我从天国的队列回头看一看，
镜中的枯树是一些宋词里的字，

写一朵水盆里的残花。我从敛帆的乌船上
回头看一看，一个真实的人，白发看得分明。

冬夜的鸦又唱一声：啊。飞了。你留在
落叶间的脚印，在船渡者眼中流过的人影

三生修得。鱼姐姐在书页上画一枝梅，
一个真实的人又化成了一个乌有的人。

5

洁白得有如一个初生的世界。莫须有先生，
我中夜梦回，拾得了一些村姑们井边的话，

说着水波中，一匹急驰入红尘的马。
我从新世界的美丽中走出，染了一身霓虹颜色，

我听一听，大雪层积下一点微弱的铃声，

勾檐画角上，仿佛巴黎柱头兽忧郁的低语。

幕布飒飒落下，无常眨眼，粉面朱唇，
且哭且笑，洁白得有如一个旧的冬夜。

在戏剧的高潮处万籁俱寂。寂寞，
鱼龙，寂寞。莫须有先生微笑着说：

一切皆好。竹林，毛桃，马路，邮筒 P.O.
一个初生的人在写信给这个入睡的世界。

2001.1.10 夜

深夜读罢一本虚构的宇宙史

一秒钟后我们灰飞烟灭，

无所谓忘记，无所谓记起；

当一千年前在巴格达，一个阿拉伯人

低下他焦灼的额头贴近我的胸膛——

有什么东西碎了，我听见那叹息一样的声音。

合上眼我就飘浮在那些肥皂泡星辰之间，

它们并不存在——就像这地球；

然而总有土壤无中生有，供这些文字

和忧郁一并淤漫。

这黑暗的爪子抠扣在我肩上——这星光

把一具宇宙的玻璃身躯划伤，

尘世的王垂下原子头冠冕。我剥蚀：

在图书馆的廊柱上吹过，火星的猩红风。

一个人影渐渐走出我的身体——我的虚构，

他旋转在一个尘埃错杂的角落，

仿佛他是宇宙的精神。荆棘布满

大千世界，我的一只手指的边缘。

仿佛一个虚空就来源于这手指的一次触碰。

沙仑的玫瑰重叠萌生，我拉下这沙的头巾，

一个人影开始说话，那是引擎轻转的歌声：

无所谓驱动，无所谓明暗，

一秒钟以后我们相爱，失散，重新找寻。

2001.1.22

在中唐

突然半夜里下起雪来，
有人在青色的雪地上易子而食。
去年今天，我在这里
为将死在返乡途中的长官写过壮行诗。

叛军打着火把走过江边
走过我的身边并唱着胡人的歌。
唱就唱吧，反正我也听不懂，
如今我的白衫破烂但我更像一朵花了。

2001.9.3

今生书

——杜甫《秋兴》八首新译

一

> 玉露凋伤枫树林，巫山巫峡气萧森。
> 江间波浪兼天涌，塞上风云接地阴。
> 丛菊两开他日泪，孤舟一系故园心。
> 寒衣处处催刀尺，白帝城高急暮砧。

那天清晨城里的窗户都结满了露水，
青幽幽的世界，枫叶贴着它的骨头凋落，
委谢满地的红色点染一个个伤口。
高楼们层层隔绝，落差出森然山谷。

就在山水之间事情发生：另一个世界
爆炸了，折弯了，断裂了。他们的天空
像巨浪打下来，旋即我们也被卷进，
尖锐的影子变得纷乱，疾风驱使一切进入阴云。

一个可怕的美已经诞生：秋天因此惊人
丰盛。去年的菊花是给以前所有的死者的，
今年的菊花，却为了祭祀我们。

那上升的白烟，是接引我们归家的灵船。

哪里有一双母亲的手把我们的尸衣缝紧？
东北，西南？黑暗已经在侵蚀、浩漫。
从更高的楼顶传来紧急的《欢乐颂》，
那是巴别塔的晚祷：催促我们告别的钟声。

二

　　夔府孤城落日斜，每依北斗望京华。
　　听猿实下三声泪，奉使虚随八月槎。
　　画省香炉违伏枕，山楼粉堞隐悲笳。
　　请看石上藤萝月，已映洲前芦荻花。

我在另一个世界涉入秋深，这个
被悬搁的城市，北京，在夕照中倒斜。
我却想象另一个与之对跖的城市，
北斗星旋转着指向它的错误和华美。

就像在七十年前的巴黎，褴褛时代的乐队
奏出让人且哭且跳狐步舞的摇摆爵士；
我也早在那一年的八月乘逃亡的汽轮出发，
起点也许是黄埔，终点却永在雾里湮没。

对着闪烁不止的电脑屏幕，人们
就像远古的祖先对着火种惊异难眠。
然而就在第二天，层层叠叠的报纸
被黑色大字占据，火种化作了炭灰。

且胡乱书写着一部焚城悲剧的副歌，
直到掌声庆祝落幕。不，请再升起，
请再看看这个像一块被绑石头的老月亮，
它又从花花世界中滚出，模仿着我们的丑态。

三

　　千家山郭静朝晖，日日江楼坐翠微。
　　信宿渔人还泛泛，清秋燕子故飞飞。
　　匡衡抗疏功名薄，刘向传经心事违。
　　同学少年多不贱，五陵衣马自轻肥。

好比历史上的每一起事件，在这座城市
热闹不会超过三天：秋天肃穆的阳光
令人沉默讷言。然后继续坐在办公室
或小胡同里，想象自己是末日盛开的一棵绿树。

再睡一天飞机就继续起飞，飞进时间的重洋
去打捞浮萍一样的鬼魂。然而鬼魂们侧目
像一堆石头向我们滚落；旋即又消失
像一群没入废墟阴影中的燕子。

我们为它们的争论、怒骂和悲哀，
也都是它们倏忽带去的一片阴影，有什么意义？
叛教者终被册立为冤枉的圣徒，传道者
说出的却是鸟兽的言语——这就是历史。

芸芸众生游动，常常有人上升像泡沫
闪着绚丽的光；但是归根到底
只有恶魔们万岁，盘踞在各个秋深的城市
腰间的丰饶角罂粟饱满、蛇果甜美。

四

闻道长安似弈棋，百年世事不胜悲。
王侯第宅皆新主，文武衣冠异昔时。
直北关山金鼓震，征西车马羽书驰。
鱼龙寂寞秋江冷，故国平居有所思。

香港、西雅图、纽约、伦敦和开罗

旋转一圈又轮回，好像斗兽棋、
飞行棋。一颗骰子在地图上滚了上百年，
一个孩子在为那些输掉的骑士悲哀。

变了的也许是凯旋门、国殇碑、
世贸中心和英贤祠。一个新的神
引导我们戮杀身上的旧神，一些新的天使
脱去我们背上旧天使的白翼。

我关掉电视：即使它在报道北京以北
有一批新的蛮族要带来新的雷霆把我们击毙。
那些来往西东的飞机我也不再关心，
因为它们并不邮送另一个我的消息。

啊，在一个孩子臆想的天外银河冷了，
沉在河中的枝叶将永远沉默，画着传说
星宿的图样。在一个随身携带的祖国的屋檐下，
我静静地想起了平生里下过的雨。

五

蓬莱宫阙对南山，承露金茎霄汉间。
西望瑶池降王母，东来紫气满函关。

云移雉尾开宫扇，日绕龙鳞识圣颜。

一卧沧江惊岁晚，几回青琐点朝班。

那些终将倒塌的其实都和我无关：
姑且叫它们作电视塔、摩天楼和地狱门。
除了南太平洋上的一个小岛，
它上面仰首的石像聆听着一颗星的灿烂。

在它的西面，印度洋被暴雨照亮，
一些奴隶和女神在沐浴中转生；
在它的东面却经历了印加人的灭亡，
一片雨声随着太阳的血流浸润了婴儿之唇。

这一切暗暗转入我的日常，一片云
围绕着我上班下班，别井离乡；
一些神异之物在我身边潜没，像太阳下沉
却烛照着我在这东城一隅梦中的夜路。

然而那却是路的终点！我惊醒，
四周绕我疯转的车流突然像江水结了冰，
冬天将近——肉体含悲，书已全部读完！
突然想起马拉美的诗，人群已经锈迹斑斑。

六

瞿唐峡口曲江头，万里风烟接素秋。

花萼夹城通御气，芙蓉小苑入边愁。

珠帘绣柱围黄鹄，锦缆牙樯起白鸥。

回首可怜歌舞地，秦中自古帝王州。

一个对跖的城市，那里我身上的峡谷

被打开，蜿蜒流向一片平静的废墟。

一个春天在那里停顿，杨絮纷纷——

飘落万仞，我这里的秋天有无数张接纳的手掌。

春花和落叶相盘结，羁绊另一个我

在回忆的范围的脚步，还能翻转

再接纳下沉吗？白雾在抹杀，人面桃花

我这里秋天的国境已经残破。

而一个对跖的身体迎风裸露

像挺拔的女像柱，刻划海妖赛壬的沉默

雨线牵引；一个对跖的身体在我身上

起航—— 一座特洛伊城在我心中失陷。

永远悬搁在那里的，就是二零零一年的北京，

回首时它仍然有开元的歌舞和烽烟。

这就是我的血流漂杵，我的天使回旋，
一张扑克牌占卜了它李尔王的命运。

七

昆明池水汉时功，武帝旌旗在眼中。
织女机丝虚夜月，石鲸鳞甲动秋风。
波漂菰米沉云黑，露冷莲房坠粉红。
关塞极天唯鸟道，江湖满地一渔翁。

那浩浩荡荡的，容纳了一个人
在一百年前对一个新时代的拒绝的湖水，
如今也容纳我的掌纹的流入，
一个冬天他们惘然前行，红衣被灯光冲散。

月亮继续夜复一夜的圆缺，
一个人却永远停留在那一夜，像个木偶
被全身纠缠的道路绑紧。风又将潜入
落叶像鱼鳞覆盖我，我将如秋天远远漂走。

我如此漆黑，在夜的另一个世界沉沦
散布末日的谣言像一朵被雷击碎的云。
游过春野、夏浦，看一张面孔在尘世间

人群动摇中隐现，仍然带着一朵白花的荣光。

一只黑鸟倏然穿过，炸破
午夜噩梦中盘旋屈结的山壑重峦，
转折吧！湖水干涸，一个星球变为尘埃，
一个幸存的人在空虚中垂钓一朵白花的虚空。

八

> 昆吾御宿自逶迤，紫阁峰阴入渼陂。
> 香稻啄余鹦鹉粒，碧梧栖老凤凰枝。
> 佳人拾翠春相问，仙侣同舟晚更移。
> 彩笔昔曾干气象，白头今望苦低垂。

现在我在这里，当群山和隐没的星辰
以黎明的权力命令我说话的时候，
秋天来临。我推窗眺望天外，那从东方
飘来的细雨刚飘过，又弥漫出山山水水。

两个对跖的世界的幻象彼此换位侵寻
最后湮灭：所谓的鹦鹉和稻粒，
所谓的凤凰，孔丘，碧梧，狂舞五柳。
一些一千年前的隐喻：我滴入一滴雨。

打湿前生，旧雪地，在我说一个人
把我们捡拾的地方如今我们捡拾自己；
旧春夜，在我说一群白鸟被夜船惊飞的地方，
空江堆塞枯叶，风过时飞入无地。

"秋天深了"，十多年前一个人写下
这样的诗句，不需春暖花开，只看层云涌来。
报章也已淹没了时事，我出门走进阳光
看见水泊倒影的另一个人，闪亮着被我踏碎。

2001.10.3—4

来生书·序诗

　　　　我们必须相爱然后死亡。

　　　　——奥登

如今我只想静静的
躺在一个人的身边，
任天上流云的影子
千年如一日的漂过我们的脸。

我们爱过又忘记
像青草生长，钻过我们的指缝，
淹没我们的身体直到
它变成尘土、化石和星空。

落叶沙沙，和我们说话，
这就是远方春鸟鸣叫，
就是水流过世界上的家宅，
人走过旧梦和废诗、落日和断桥。

走过我们言语的碎屑，
我们用怨恨消磨掉的长夜；

唱一些嘶哑走调的歌谣，

笑一个再也不为谁回旋的笑。

啊，平原正在扩大，

一条路在遗忘的地图上延伸，

我在一夜又一夜的黑暗中化成风，

化成烛火，烧着我们自己的虚空。

不要再说那些陌生人的故事了，

那只是蟋蟀在枕边啃噬。

不要说前生、今生和日月的恒在，

砂钟在翻转，翻转荒芜的灵台。

候鸟在夕光中侧翼，

一个季节就这样悲伤地来临，

歌唱完了它又再唱一遍，

世界消失了它也只能这样。

然而我只想静静的

躺在一个人的身边，

任天上流云的辉光

一日如千年的漂过我们的脸。

2001.10.24

生活研究

一

长期沉默然后开口，这很难。

就像我每晚失眠时翻阅的记忆：

那从埃及飞往我家的鹤鸟也不过如此。

如今一个人就是一个没法完结的故事。

对白只有一句："你不是已经说完了吗？"

一个童话？ "是的"， "不是"。

二

我像煮土豆一样生活着。

左边是漠漠烟水，右边也是漠漠烟水，

中间是层叠无味的，淀粉质。

今天我们来假装把一些事物放弃。

刀子削过，牙齿磨过，最后咽下，

今天我们在土豆中寻找一个核，然后是心。

三

食花粉以度日，不算惨，
惨的是根本无法吞食的，生活的翅膀。
惯于长夜，我的飞行在春天面前停止。

就像老自行车歪歪斜斜走过优美的夜路，
每一步都是一个转折——一个尽头，
月光如水，我的身上是墨染的戏装。

四

风又起了，在烈风中研究
颗粒无收的村庄也许并不是什么罪过。
我只是一再否定，那个站在黑暗中的男孩。

这是又一夜（某夜的反面）
夜莺婉转不已，猫眼在树梢间闪烁，
有人叫我小心，一些悲哀需要上税。

五

由此说来，那在路上的人说得对：
生活只是早晨八九点钟的日光、阳台，
红花霏霏，那一个农村小子已经没有机会。

另一个人：他，二十六岁，一如既往
埋首不问性事。有时在墨西哥采摘棉絮，
有时扮成稻草人，沉默抗议。

六

就是，有一些已经流走了，永不再。
花草鱼虫，冷淡四季。我也没什么戏：
种子和渡鸦，死者和矢车菊。

现在我们来说说开头吧：长期沉默
然后开口，也不难。就像二十六年前
那只鹤鸟把我放进一具纯洁的尸体。

2002.1.29

枕边书

——给 疏影

除了声音再没有更多，感谢空气
纵容了我们。还应该庆幸黑夜
是我们帷幕，一条冰薄水暖的河流。
雪轻轻从世界上你的一端下起
向我飘来，化作烟花，化作无有。

枕边就夜夜琼枝玉叶，
辗转间，碎落为三五水鸟流连。
你呵气成形，小小的树妖婆娑，
仿佛去年的一个冬夜，瑟瑟至凌晨
突然冰晶闪烁，阳光漫淹你身。

世界就如此睡去如一婴儿，
我闭上眼，就又火树银花了。
小狐仙偷走的不夜天中，
床是不归的乌篷船。
我们深夜起坐，看世界失了火，
自我们眼中的一只飞萤。
而它流曳出的另一个世界里
却又是津台雾锁，社戏灯歌。

写就一幅墨画，冰薄水暖，

我们说话仍如青草暗长。

隆冬臂弯轻围就是春节，

爆竹三声，仍不能叫我们惊醒。

只有远方人做梦，梦见鼠嫁女、

二月流莺，世事幻变，再没有更多。

2002.2.3

小九路中巴

小九路开过万柳开发区，
民工甲、乙、丙上了车。
民工甲已经老了，理所当然
坐个好位置，就在时尚编辑丁的旁边；
民工乙紧挨车门坐下，民工丙只抢得坐垫。

小九路一直向西，向西。
民工丙有了觉悟，一个箭步
占了司机戊旁边的窗口座，司机戊
撇撇嘴，不以为然。民工甲又把布袋
向自己挪了挪，怕碰到了时尚编辑丁
的手提电脑。民工乙，却一直是虚无的代言人。

他看着蓝天，他一无所见；
他把目光转向司机戊，和汽车仪表、
引擎……耳边仿佛蝉声轰鸣，仍然一无所见；
最后他决定看看刚才被民工丙坐歪了的报纸，
报道着民工己的幸福，和他无关，终究一无所见。

时尚编辑丁的手提电脑

开始在黑暗中打字："苍狗、浮云……"
他的照相机随时准备着，美化这个小世界。
中巴刹停（世界并不），上来少妇庚和小孩辛
她们开始笑、开始摇、开始指点，简直就像女神。

民工乙仍然代表了世界本身
侧侧头便在四周放下了深渊，
时尚编辑丁不寒而栗，他害怕于
深渊就是他本人。然而对于已经不信神话
的民工甲，深渊却是少妇庚和小孩辛的灿烂。

少妇庚的目的地是银行，
在偶尔回头的民工丙的幻想中
她是一只彷徨的山坡羊。民工乙
没有幻想，他的眼睛是抹去一切的黑洞。
现在中巴上只有民工乙的眼睛在转动着。
现在中巴在民工乙的脑沟里迷路，被羊粪淹没。

2003.8.18

生日诗

南方群星终于运转到今夜，
升起四周商厦，新灯饰，璀璨如昨。

曾是我骑着埃及的单脚鹳一蹦一跳，
在新兴县的旧霜路上写一些麟角。

现在只有虚构的严冬残留中国土地，
自南至北：空气中能抠出泥来。

2003.12.23

听得白驹荣《客途秋恨》

那美老年长腔长是不断，
似是夜也不断，那桐叶
似也相继败落我那风尘
脚边。从晚清到新中国
他一直是旧的、沉醉的，
在好风光里伤心；而我
硬是想从穷途拉出荒腔，
伴奏日少，一笔坏山水
成了债账，伤心成铁心。
我的那个中国在上面磨
只剩得一些枯笔墨，你
又怎堪敷色？费十余年
在尘世，抛缠头、掷花
为那时尚工厂隆隆，看
秋叶行囊，一具美娇躯
还在消防塔里拴着辗转。
我那一个中国已经注定
换作戏剧中那一个中国。
若闻道是凉风有讯，我
便抖开一身旧路来接纳。

他近乎微笑，摇扇独白：

"无奈见得枫林月色昏"

在我昂首阔步的好世界，

化白狐灿舌，靓鬼成仙。

2004.1.27

澜沧江

现在就是一团饿火在暴雨中赶路。

现在就是硬生生一颗星撕开了虚空。

此水太浊，吞噬了日月，

却能见一白袍将军水底骑行。

如果我贴着波涛凝成的冰

我还能看见：杜十娘舞剑。

你曾告我愿意纳我入莲花瓣瓣，

而现在，是闪电，是裂帛声声！

2004.6.23 哀马骅

凉风左右至

——纪念切斯瓦夫·米沃什和亨利·卡蒂埃-
布列松

1

那不是你的姿态，

乌云盘桓于你的土地之上，纵使三叶草仍在闪耀。

我拒绝哀悼你，如哀悼一个死于伦敦大火中的孩子。

乌云盘桓于我的土地之上，我只能一饮。

一百年过去，世界并没有改变少许：

笔碰上的石头，建了博物馆，把笔封存；

镜头啃吃着盐碱，影像却焦黑一片。

如今两个老人的缺席，让出了比冻原更空旷的位置。

那也不是我的姿态，

一天、一个月、突然惊醒，那是因为

风拿着匕首贴近我的双腋。我是在深渊上的一跃，

没有得到任何掌声的舞者。上世纪马戏海报上的一员。

2

凉风刻骨，在高楼中刮出黄沙，
从沙中雕出你的眉目。俨然一个坏人、
凶巴巴的老头，想用斥责把加利福尼亚
拖回立陶宛、把世界重新垒成沙堡，两者皆是徒劳。

杰佛斯也试过也是失败，所以你们都是我的英雄，
固执的形象，又常常和我记忆中的贝克特搞混，
把时代咀嚼过的人都是这个模样，
咀嚼过然后吐出：一口辣槟榔。

风理解你，绕过我们一万万亩火烧的土地
在一个临海的阳台和你握手。
这是最高的荣誉，我们没有，
瓦莱里从不曾开窗注视，却得到过这个福祉。

3

我并不能诉求公平。在风，或者你面前，
毕竟秋天已至，急促的脚步早于往年。
往年是在香港，一个异乡权充了故乡，最后仍是异乡，
那时我对你有更多共鸣，以为世纪的出路就在你桌上。

铁镰刈倒了沃尔科特臆想的甘蔗，

世界同样夷平了它自己；我不曾喜欢过瓦莱里，

竟也曾被他的深思和礼物所打动。你不断教导我

然而我的石脑袋依旧在丛林中呼啸——就像你自己一样

"我读了很多书但不相信他们。"你站着

就告知了一个异乡人在异乡世界的诸多可能。

坐下来，你那风暴中的导演椅前，大海的幕布拉开又合上。

你也是唯一的演员，你安排了最后一枪。

4

现在我要倒回去谈谈另一位大师，

他永远只能用第三人称相称，他一再向我索回

他那些唯一的影像，像在莱卡黑盒子中把胶片回卷，

而我每交出一张，他就给予我更多的。

他的摄影为你的时代提供证明，然而太整齐，

犹如时代的偶然率般必然，残酷地单纯。

他的素描凌乱反而更能为他的固执作证，

你能在里面找到你晚年的费劲、咬断猎物韧带的费劲。

时代曾如猎物坦呈在他面前，

他剥了斑皮、把骨架做成标本，单给你留下

那颗血淋淋的心。你只是接球、传球，

我们是你面前无措的对手，他则在场边神秘地笑。

5

终于他为这一场精彩的表演吹响完场哨。

现在只有凉风左右打扫着观众席，

我们的下一场注定野蛮、笨拙、简陋，

比赛，以及比赛的隐喻本身都到了头。

只有凉风左右至，玉露凋伤于

恋人背过身去的怀抱。我竟不能一饮……

我把胶片从相机中拉出，是黑雨令它曝了光；

我把黑雨从我们的爱中倾出，旋即是波罗的海、灿烂之晨。

我已经把拆散的笔记本还给公众的会堂，

把莱卡相机卖给即将重返巴黎的友人，

北京的街道又一次像波浪裹向我的脚，我转身

打开了魔术箱，把瓦莱里的酒杯斟满，又猛地洒光。

2004.8.14—27

安东尼奥尼，安东尼奥尼！

2004 年 11 月 25 日 22 点，北京，
出了电影学院，在蓟门桥桥洞下
有一个男人独自站立抽烟。
这是你的场景，安东尼奥尼
要是你在，你的胶片又会被烧焦。

而我们刚刚从《扎布里斯基角》走出来，
仿佛刚参与了你的炸书盛事，
在幻想中炸毁了各种主义，
这一切皆值得，为了一个无辜青年的死，
一只色彩缤纷的热带鸟。

在二十世纪你憋了一肚子气，
那是你唯一一次好好地发泄了一会，
很抱歉二十一世纪你还得继续生气，
的确，这个时代，谁只要把摄影机的焦距校准
谁就得生气。

九十二岁老头，仍然带着六十年代愤怒
和三十年代怀疑，被世界气得

说不出话来。看！这立交桥分割的黑夜

我们都独自站立抽烟，

像烈日烘烤下的扎布里斯基盐山。

没有你在的中国，愤怒也无法展览。

人群注定四散：这是你的理论，

但道路各有不同，有的上了轿车，

有的还在零下4度中等候公共汽车，

而我们决定在光和雾中行走到天明。

再次走进白昼的销蚀、放大，没有奇遇，

我们就是奇遇。只见陌生人独自站立，

迎着雪，把七月残余的流火大口吞噬。

2004.11.28

除夕夜梦周氏兄弟

夜已极深，他们仍是睡不着。

周树人忍不住起床，披衣抽烟：

"看来在旧文艺圈也要投入一场残酷的战斗。"

二人沉默良久。

好像是丁玲，还是萧红？

一个民初女士引我夜访这一对昆仲。

我们燃灯、汲水，沏新年之新茶，

雪早已下了薄薄一层，还在缓缓下。

二先生微笑，问起北京近况。

我抬头看雪，灰如铅，

"近年北京的雪已经大不如前。"

说罢我不禁把头枕在椅后积雪的矮墙头，

好凉。其实我今夜的头

枕在三万万里外的异乡

—— 一个好头颅。

树人先生踱步里屋，大口抽烟。

作人先生端坐说："理解他吧，寒冬正严。"

我忽然是小时候的我，

简直穿了青长衫的迅哥儿，

向作人先生行了弟子之礼。雪静了。

并非"梦中传彩笔"的夸耀，

这一口热茶，我在梦里饮得苦。

巴黎也并非三味书屋，

我愿意在醒来后敲新年的钟声清扬，

只为了一百年前听雪的几对耳朵，

而不是三万万里外的故国。

2005.1.1晨 巴黎

辑 二

故都夜话

1

（城市汇聚于此，然后消失）

多少鬼魂，最后只剩下一个，
在亭子上喝酒，看下界雾里花叶、
篱落呼灯，如绿蚁新醅，氤氲中浮沉。
她在等，那找不到地址的
是先朝错过了考期的书生。
他抬头，提一笼旧雪借光，夜打门：
是景山、是地安门，还是锣鼓巷？
亭子上的鬼笑了，
　"嘘，莫道与他听……"

（城市汇聚于此，然后消失）

2

（我们在此撤离，只留下光）

四千护宫兵马，晨曦中集合

便将远去海岛，一切，永不再。

我是那穿着大号军袍的那个，棉布包着

暖水壶，是我唯一的宝贝。

被布列松摄下。被你遗失。

六十年后你夜夜梦中在此独行，

偌大的故宫，你一人，像黄昏的船，

黄昏的穿堂风，"那些少先队员

越过我，像水，像闪烁的微尘。"

你说。遍园红荷盛开，

我白衣依旧否？

我的宝贝。

（我们在此撤离，只留下光）

3

（这里酒绿灯红，已经是国朝百次盛衰）

我仍记得它衰败时的境况，

恍惚的光从冰面上升起，

冰咀嚼着残叶、逃亡的羽林将军

94

滑倒的脚。我看见血洇了雪，

春水荡、夏柳飘、秋花落满海……

这也是海？那我便是失魂人了。

我也知道曾有勾连、瓦当、绕梁燕，

"还有一个人儿，唤作花比艳。"

哪年的唱腔？我仍记得

这酒吧林立的后海岸边

曾有一家老字号中国书店，

小人书上画了我的故事，

老太太扫去我身上雪，买走我一念中

那狐仙。

（这里酒绿灯红，已经是国朝百次盛衰）

4

（城北在此打了个死结，忘了解开）

他一次次企图穿过北太平庄

路口人流，不成功，

回了头，尴尬笑一笑。

他戴上了毡帽，背了木吉他、小口琴，

包里还藏了一双绣花鞋，还是

不成功。回了头，尴尬笑一笑。
太平盛世，太平军也曾席卷此地，
长发上，血淋漓。我们却一路浪荡唱去：
铁狮子，莲花落，小西天，盗魂铃……
他半夜掀我被，告诉我一个大秘密，
关于他为何一身湿漉漉，银鱼般白皙。
我谁也不说。

（城北在此打了个死结，忘了解开）

5

（你举之是升平，我却道夜凉彻骨）

此一夜，铃儿响，醉拥红裘；
彼一夜，棋子落无声，
隔壁的琴师，已成隔世魂。
她若能溯剑而上，定能再见他
《黄河谣》中锈掉了一切的河沙。
但只犹豫了一夜，一切就消失了，
三里屯曾经是荒郊中鬼宅，借了十年华灯
现又打回原形。这柄剑我藏了，
明夜挂之空陵。她若能照，
定能窥见云月间，流电惊。

（你举之是升平，我却道夜凉彻骨）

6

（那一年，寂寞在城外乱了阵脚）

义军白将军折戟处，堡垒成了砖砾
任晨光涂抹。某年月日，
我读书于此，有鬼夜访：
"我见你长袍便知你是鲁迅先生，
你不信鬼，可是我就是鬼，你看我
把你彩笔拿去，就留给你大笑三声。"
他的西装革履莫名其妙，
手中还秉着文明棒。
我推开寒窗，大笑三声，表示欢迎，
但我落泪于我并不识这一个无常，
十里堡不建一所绍兴会馆，
我的笑话不能为谁开怀，
我的单衣也承不了这时代的一团乱墨。

（那一年，寂寞在城外乱了阵脚）

2005.8.28—9.11

孙悟空

空无的寺院，回廊包围，禅修夜。

我有我自己的心魔浩荡

狂暴来袭。那呆子还不知道

只是惊慌逃命："悟空！悟空！

快来救我！"他以为自己是师父不成？

在重叠廊柱后我能窥见他笨拙身影，

我默不作声，藏自己于穿堂风。

"悟空！你不出来，我只好变成你了！"

于是我看见他变了嵌金花帽、黄袍、虎皮裙，

暗火一般在茫茫黑夜中前进，

这是另一个我在抵挡那个更凶悍的我：

他大、且无形。恶风四起，竹叶似刀扑面。

我只能跑、跑、跑！那呆子却仿佛跟紧，

"救我！"那是另一个我在向我呼叫，

我回头还能看见他的金睛火眼。

我只能跑、跑、跑！穿过屏风、纸门、

枯山水和大盆景，穿过旧朝代、停车场、

所有空无的汽车，我稍一迈步就腾空了，

再一使劲就上了筋斗云。一眨眼就是高空万丈，

明月照遍寒云，千里眼也看不见，这青青世界

在我下方汹涌。月光不知道从哪里流溢满这世界，

我飘浮其中，满身是悲观。

我看见远处漂来几架战斗机的残骸也仿佛鬼魂，

不禁怒从心生，挥动金箍棒

世界随即无从遁形，随着破碎而出现：

那些光辉灿烂的城市耸起、倾斜、颠倒于我四面八方。

那些光辉灿烂的城市啊，多年后当我回来我将不见，

如今我却是目睹末日废墟的唯一一人。

这是我二十九岁的最后一天，我梦见我是孙悟空，

就在这一刹那惊醒。

2005.12.22

野蛮夜歌（组诗选五）

一

火车越挨近北方的青你越远
这是突瓦这是乌兰巴托

我越是狂奔大路越是不见
这是风飘着刀这是雪洒下的剑

马群乱，马背上是悲伤的大军
醉蹄下践踏着我银的嗓音

突瓦的哑巴，也比夜莺婉转
乌兰巴托的夜，却那么静那么静

我穿越中原又一夜又一个时代漠漠
就像千年前失败的完颜

整个宴会都熄灭了烤焦了
只有隧道里有光，也被我一口口吃掉

蒙古利亚兀自跳着野蛮的舞

野蛮但是腰间的酒瓶叮当响

我将于明晨来到你草原的边缘

那里双声浑浊那里长调截断

那里是大都那个破城啊

可汗悲伤的大军、疯狂的大军曾经占领。

　　　　　　　　2005.10.12 夜车北上，听蒙古民谣

二

一身醉马蹄的踏印，伤如梅花；

一身碎银，赠与冥冥押解人。

我仍是睡在上铺的浮云，

浮云转侧，浮云利牙，浮云梦魇，展读旧闻。

我身愈白，此车玄黄，病躯

不是箭，穿不过崎岖世相——

它以二十面体病毒增生，

仍有人歌人哭，春风笑，黑山白水狂了。

我只带一面镜子上路，

名唤幻世鉴，照得空中弹拨手一只。

万里琴弦锈断，我听见他在黄河上洗濯，

看不见，多少砂石涌心间。

2007.6.24 夜　T98 列车上

三

风雪已凝定成山形拳屈

当我把雪阵拽过来当披风披上

道路已奔泻如马鬃杂血

当我剜出那金镝、玛瑙眼、雨刷上的冰

我兀坐零下十度的铁箍中

从京城运向南方，如海东青、完颜亮

突突的马蹄冒火，火是黛色海绵

死者咬住了我的鞭梢

一夜杭州大雪，这是我没有路过杭州的一夜
这是众生嚼冰的一夜，猴冠相列而过

如是掩鼻鬼魂。我兀坐时速百里
的铁箍中，中原的风雪已纠结乱军

这是我没有路过中原的一夜，也没有路过
安徽的劫灰、贵州的劫灰、湖南的劫灰

我拾起来、如髡面者、做大黑无醒之梦
万头牛翻滚于翻腾的荒野

那死者，有人为我翻检他粗鲁的遗言
"一个是木头，一个是马尾……"

死者咬住了我的左腕，那上面蜿蜒的刺青
是你铁卷不书的姓名

2008.2 重读金史 车过雪灾区

2.16 夜 诗成

四

滚烫的车轮快要化成光，它燃烧着
给予我灰烬与火成岩的节奏

在莽荒的黑夜中，两人对视
然后沉入各自的黑暗，我前伸的右手快要化成光

它只留下光。这时有一个老人走在世界之巅
他的灯笼熄灭，身体消散如风中坛城

伐木丁丁，我作为一把空斧伐木丁丁
我作为一个孤兵在乱雨般的炮火中伐木丁丁

在莽荒的黑夜中，我臆想自己在春湖中采萍
鱼儿在我的倒影中闪现，吃掉了月亮

我被装甲运兵车连夜运向南方
闷罐中是我二十三个黑脸的伙伴

而死亡是在西方的高原发生，一颗星垂挂下来
它的辉芒是大家的尸衾

滚烫的彩虹快要握住我的手，它哭泣着

如果没有人为它绘一座坛城它将会哭泣到天明

2008.3.18 夜—19 晨　京深铁路上

五.

虎口张着，巡道员高举着一个模糊的东西
不知道是灯还是人头，虎口光亮着

火在弯曲的铁轨上漂，微弱如人说话声
人仍滚滚，在干涸河床上捡石头怀揣着

列车的速度没有减慢，70 个幽灵仍拉不响
风箱歌唱，虎吞咽着阵阵夜雾，伥在弯腰

辨认着影和罔两。人仍滚滚，怀中石头
却冰冷，渐渐变成煤，变成炭和粉——

在他们扔出的时候。虎口张着
巡道员吹响了唢呐，70 个幽灵一起

在白纸上画字，用渐渐透明的手指
700 个幽灵一起在白纸上画字

7000 个幽灵一起在白纸上画字

70000 个幽灵一起在白纸上画字

700000 个幽灵一起在白纸上画字⋯⋯

还不够、还不够，沙沙声尚未变成风、变成雷

和刀——他在白衬衣上撕下

最白的部分，擦拭炎夏的寂静

清晰地在空无中画出自己的面容

墨色深浓。她在白床单上撕下

尚未染红的部分，擦拭寒冬的血

清晰地在身体上缝上 17 万言，针线密密。

这一切，你理应知道。你在囚房撕下

恶鬼的长袍，写下瘴疫的历史、40 年后的

江河曲折⋯⋯在龙川，在赣州，在每个站台

人仍滚滚，猛虎一般的乌鸦投下了足够的阴影。

2008.4.29 京深铁路上

原 野

在那里，孤寂的江河之上
用激浪流转着大地所有的痛苦。
　　　　——维尔哈伦

天穹：见梦杀梦。抬头看不见飞机，
飞机和二千条航线，飞机上人也看不见原野
沟壑和流民纵横。大雾在原野上绵延，仿佛中唐某年。

每一个十字路口上都躺着一个耶稣，而快乐
和悲苦的人民踏过，曳着舶来的电脑主板、芯片、光盘，
曳着这里面的思想，一个比一个肮脏，齿轮们洒落在原
　　野上，闪着光。

后来者踏出了血，他们随身携带初冬的一场薄雪，
血和雪混合枯萎的草叶，滋润不了原野千年的渴，
血随着雪落到了城市，变成泥污，城市的灵魂从中诞生。

酒吧里跳着炽热的舞。酒吧旁边是工厂，
五月旁边是严冬，劳动节的黑旗低垂、红旗乌有，
而你脚下的水泥、电缆、光缆，时刻通向哪一条淤积满

纸船的河流？

青春挥洒如蒸汽中的精液，枯枝巧开花，

如铁花，迅速挫磨融化，在铣床上你和同乡的姑娘们举

　　行了婚礼，

生下来乌黑之子、枯萎之子、嘴里含着箭头的夜之婴儿。

齿轮们洒落在原野上，闪着光。千里江山

锁于一个个工地的大闸，鼹鼠们还在千里乘千里的广邈

　　挖洞，

在每一个电线的结上，都插上一朵灰烬似的梨花。

齿轮们洒落在原野上，闪着光。村庄上林立着盾，

而原野的剖面，一絮絮都是生锈的枪。雪越下越大起

　　来了……

飞机投下迅速的阴影。十字叠加着十字，人层压着人，

　　梦屠杀着梦。

2007.2.8

于北京观林怀民《挽歌》

此刻不是你在旋转，

是戴怨灵面具御彼乌云的云中君在旋转。

此刻不是你在旋转，

是李斯特肩上的婴儿圣方济和大海在旋转。

此刻不是你在旋转，

是台下如土行孙被土地的咒符所缚的我在旋转。

此刻不是你在旋转，

是保利剧场在遗忘与记忆的暴风眼中的观众在旋转。

在旋转、在旋转，旋涡中伸出一只手，旋即化为闪电。

此刻不是你在旋转，

是北京城在旋转，地下的沉骨纲举目张，顶塌了仇敌千座

用黄金楼建的镇魂塔，在旋转、在旋转，骨灰盘结

空中一朵巨大的曼陀罗，在旋转。

　　　　　　　　　此刻是你在旋转，

　　　　裙裾滔滔，海浪远自喜马拉雅峰顶卷来。

　　　　　　　　　此刻是你在旋转，

　　　火中鬼魂滔滔，急欲挣脱这具被铸为神的肉身。

　　　　　　　　　此刻是你在旋转，

万架青铜的车马蜂拥践踏，而中心早已是钻石，是无。

此刻是你在旋转，

出不入兮往不返，平原忽兮路超远，旱雷声中

哭坟的人，竟是我们的老母亲，借雷为盟，歃血春耕。

此刻是你在旋转，

孤魂挥剑斩断了我们攀登的光线，

出不入兮往不返，我切齿如山欲崩，心焚如百合田。

敢有歌声。敢有歌声。敢有歌声，噬此夜长。

2007.7.12 晨

男烧衣 [1]

——"人话靓时唔见妹你靓得咁心伤"

烧我罢。善男子

老成了一座新城。

立炉旁看珠片忽闪

他引火于悲喜间,

火炉边来往如无常。

——万般问,都是恨

走过俏警、议员、刀马旦

全不是旧情人。

竹架纷崩,世界如纸扎,

老城纷崩,你的心是卅间 [2]

石头滚滚犹如肜云。

剪纸风中,无意剪断

了似断未断曲絮

落于士丹顿。

炽热街道本是水面泛涟纹

黯淡了佳景、良辰

1　《男烧衣》,南粤地水南音著名曲目,内容为痴情男子祭奠自杀的妓女。诗中引号内为其中唱词。

2　卅间,香港地名,近士丹顿街,曾有石屋三十间,故名。每年秋都有"盂兰盛会",烧纸扎衣冠、鬼王等祭奠游魂孤鬼。

拨火 [1]，本是火狱里人。

年年岁岁，鬼王依谁模样生？

怕是我无头无身一套锦绣衫。

此夜讴哑曲终荡起了穷饿风

荡走玲珑一舟

火星升腾高过中环海旁金银。

喃呒佬 [2] 烧他成灰烬，却话：

"烧到拣妆一个照妹孤魂……"

2007.9.12

1　拨火，"盂兰盛会"有一中年男子专事火炉旁拨火扫烬等，为本诗主角。

2　喃呒佬，做水陆法会的道士俗称。

女烧衣 [1]

烧我罢。这琳琅戏台散

于东涌 [2] 湾畔方寸，

明天便风吹雨打如附荐灯。

昨夜笑靥藏花，难窥妆，他却探头望，

隔海是新机场，我无法寄走

一身千万相。

夜火烧草，白甲王枪拔连营终走远……

白鸟啼处河谷深……

那戏子头上凤冠未除，雨中拾得苹花闻，

我单衣湿透，月下寒袖

看一海的灯火摇荡，天地归于一个小渔村，

有人撕扇，有人掀帘，有人画柳暗花明，

统统都是明天付诸一炬的好布景。

她却探头望，从景中。怀中取出一小镜，

"你看，你看"，一幕后，轰隆隆封相又唱

红衫郎换了青衫，还是旧时妆。

1　《女烧衣》，又名《老举问米》，南粤地水南音著名曲目，现仅
存杜焕录音。亦有木鱼书《女烧衣青兰附荐》歌词存留，内容为痴
情妓女祭奠情人。本诗倾向后者。

2　东涌，位于香港大屿山岛北面，与香港机场相邻，海边建有侯王
庙，每年农历八月侯王宝诞均露天搭戏台唱戏 5 天 5 夜。

待我搬石头来、拿火镰来，海水上搭一灵台，

飞机起落、你的好世界还在。

这赤条条干净身、悲伤世界还在。

2007.10.2

听得吴咏梅[1]《叹五更》

她微笑着碎步走过暗夜
她不笑，便满堂惊起了
白发。倚栏倚尽了空明
的岸际，摇橹也摇尽了
小星闪烁的长风，她那
一脸的淡江不是你的海。
有人偏偏要在微浪上点
起夜火来。我钱夹里藏
几张零钞买我的冷蒹葭，
不是一身残雪来望枯山，
八十三年心猿闲放浊世，
未得二十三载未度之僧
扫那血榴花。夜启轮渡
螺旋后颠覆了世界——
她枕边篮有一枚荔枝果
安慰熄灯后黎明的残破，
她入睡后，便是我千山
万水的梦境，未解坎坷。

2008.12.31 兼怀祖母陈爱弟

1　吴咏梅，生于澳门，早年与南音瞽师刘就等相熟，精于扬琴、秦琴，尤擅南音师娘腔。

拟苏东坡寒食帖

一

我回来已经三次吞咽寒冷，
在伶仃洋的风暴中描摹春天，
春天却闪电般拒绝。
它的雨水苦涩、倾斜
直接运来秋的颤抖。
我夜夜在睡梦中听见海棠的尖叫
犹如古代一场祁连、燕支山下的战役——
庄周化作巨人偷走了我
用雨的锁链捆起我的时光、我的连绵山脉——
此静夜，他的脚步惊蛰如海棠花谢。
我如山耸起，峰顶尽是落雪。

二

神州北望，
疾病总结了欢乐的时局。
墨迹逶迤，解释不了宋时

和此时的抑郁泛滥如江水。

"雨"字有倾倒社稷之势——

我的窗户也有接纳之姿，

"之"字是春天逃遁的鸟径，

我的住所却是迷失在墨迹中的寒食：

毛笔煮在瓣瓣白纸中、淋漓的史书

变成了灶底的豆萁——

而小墨屋中哭泣者是谁？

火烧不着，鸟将字词叼去。

我和他突然回到月夜乌台

囚狱或墓里是前生魂在笑话：

"非其鬼而祭"则影子憧憧，

扬其灰则露湿且重，路湿且重。

2008.7.24—26

罗 马

七万个天使白天拉升罗马

不让它堕入夜；夜里移动罗马

不让它停息于月光的静波，和钟声中。

钟声中，七万个过路罗马的人在做爱。

魔鬼的爱遁形于帕拉蒂尼山，

今天只是废墟恣肆，阳光野爱。

罗马！我不能为你写一首彼得拉克十四行。

路在散开，罗马行猫步。她在新移民

的脸上重新找到罗马：特鲁米尼

卖短裙的温州姑娘、特莱维喷泉外

卖肥皂泡的开罗人——他下班就脱去法老金装。

我知道他们是克娄巴特拉的遗孤、

神秘守护：九座方尖碑白天钉住了罗马

施加诅咒；夜里涂鸦着罗马

篡改地图，让凌晨的天使找不到掉落的羽毛。

罗马！我只思念着我荒诞的歌队

他们到此追随着斯巴达而亡。

星星的口涎不能止渴，罗马！整整一夜

我只思念着，那个乳下有伤疤的人。

2009.5.9 罗马—5.12 佩鲁贾

佛罗伦萨

在但丁之国远离但丁，佛罗伦萨最远。
繁花吃掉了圣母，广场上百鬼夜行。
俾德丽采不是唐婉，不知道沈园——

我们也来说一声莫莫莫（AmoAmoAmo）
我爱我爱我爱。百轨夜行，汇聚于亚平宁
的地狱。但丁敛翼，捂住肺腑：一块翡翠。

他宴请我在维奇奥桥阳光下吃雨，
用他五脏典当所得。那旋转寰宇的热和冷
仅售四欧罗。千层面仅有九层。

俾德丽采也不知道我，秘密为她多写一行。
天堂就是错错错（CiaoCiaoCiao），
翻译过来就是你好，再见，再见。

2009.5.16 佛罗伦萨—波隆那火车上

但丁墓前

浓荫下没有地狱，天堂
也像松针尖上的泡影。
一个蓝裙子中年管理员弯身
是你的全部：俾德丽采或背脸的神。

我们理所当然饰演鬼魅一角、
你镜中残余，汲汲于烈日中喜剧，
在自己的呼息中一吹而散
如西罗马废帝，梦见马赛克中流水、

铄金。字被编进黛色的山冈、
银色的星辰、黄金小花茎，
血不成墨，你有一块凝聚石纹的写板
也凝聚了橄榄树梢的晨霜。

它承受了左手的左，承不住右手的右：
一支笔在云上阶梯假装歇息
笔杆的羽毛来自不存在的天使
存在的她摸摸蓝裙子上绽露的线头

一小片夜色安慰着她全部的炼狱。

2009.8.21 拉文纳但丁墓，8.22 作于费拉拉失眠之晨

拿波里黑童话

泥雨连夕，拿波里的一只黑犬
彳亍在托勒多大街，
脸上戴着出土面具、非哭非笑。
它时而走上人行道，
最终还是回到车道的边缘
纸皮、烟头和塑胶袋的堆积处，
在那里碎步、龇牙、如雷殷殷。

泥雨连夕，拿波里的一个老妇
在圣塞维罗教堂里转圈。
她时而抬头，用邪眼打量
游客的镜头，时而默默诅咒，
最终她还是隐身在名为"谦卑"的女像
尖翘乳房的阴影下，
在那里碎步、龇牙、如雷殷殷。

泥雨连夕，拿波里的一个教父
已经退休，三间披萨店
是他的所有，他的刀疤在鼻梁上，
刺青在干洗店，一个肝留在

巴勒莫的黑医院。晚上他化身蚊子
在邻居的旅馆流连，亲吻着青年的大腿
在那里碎步、龇牙、如雷殷殷。

泥雨连夕，拿波里的一个旅馆
漂流了三天，是谁按下这冲水阀？
是谁站在但丁广场的柱头
不断把闪电拧灭拧亮？
拿波里卡在地狱的排水口，被黑暗
罗勒所缠，在一刹那他身披睡衣
冒充但丁，把庞贝描述为天堂篇，
然后在那里碎步、龇牙、如雷殷殷。

2009.9.15 晨 拿波里

列宁旅馆歌谣

在列宁旅馆
你不是冬妮娅，我也不是阿廖沙
但昨夜，国际纵队狂欢如革命之夜
只有那中国同志醒来，为这晨光一哭

加泰隆尼亚的晨光
六只鸽子死在六条廉价航线上
加泰隆尼亚的晨光
海边的亚洲姑娘仍在叫卖苦味的海洋

我在列宁旅馆，梦见了阿拉木图
无人雪橇在漫长雪线上流亡
我梦见了沃罗涅日，蜡烛仍在风中摇晃
北京的晨光，撞向了爱之行刑队的长枪

在列宁旅馆，我出租着我二十岁的心
给胡安或让娜，阿廖沙或冬妮娅
给每一片尖声吹口哨的橄榄树叶
给木楼梯上黑皮靴咔嗒的黑夜！

那采摘罂粟的手，也采摘了拭血的云

那挥舞黑旗的手，也驱驶了白色的灵车

当安那其们都醉在列宁旅馆

列宁一人在晨光中打扫这苦味的海洋

加泰隆尼亚的晨光

六只鸽子的尸体好像六段新芒

加泰隆尼亚的晨光

海边的亚洲姑娘仍在叫卖她苦味的乳房

2009.9.1 巴塞罗那列宁旅馆

阿兰布拉宫绝句

一册色盲图中，我做着斑马梦
梦见我溜达在巴依老爷的梦中

阿凡提在我的鬃毛上编织遗忘的算式
我轻声告诉他宇宙将废，如阿兰布拉宫

2009.9.3—5 格林纳达—哥尔多巴

依莎贝舞弗拉明戈行

塞维拉一夜，你危险地孑立
我的长安和他的瓜达基维河岸

你不知危险，策马犹低接扇
你不知危险，脱衣犹临碎镜

那汉子空中摩掌，要把我拉回
烈酒洒过的斗牛场，用哑嗓的鞭

另一个汉子奏乐，六柄尖刀轮流
探索我腰间哀鸣的河流

我听到你这死亡的马蹄踏踏
洛尔迦跑过的世上最好的路程

他的吉他吃了一枚青果
他的右手连拨着我的琵琶

塞维拉一夜，你危险地喘息
惊起我四蹄下一百只白鸟

它们盘旋在瓜达基维河岸

我如猎手，被爱情的影子所伤

我的安达路西亚如长安西行路

被祁连山的影子所伤

你这炽热的马蹄踏踏

跑过我深幽厉寒的河流

2009.9.7 夜于塞维拉（塞维利亚）观 Isabel Lopez
跳弗拉明戈舞，有公孙大娘舞剑器之势，歌者 Jesu
Corbach 的唱腔也令我想起秦腔，然低回处过之。
9.10 诗成于佩鲁贾。

五四遗事

如果猛火还有余烬

余烬将散聚一幅枯山水

许是雪景，那人落落穿行去

不辨清白，不辨川壑

窄长中国，无桥无塔

也无旗帜垂落

包裹被热风破开的振臂

飞廉战斗着穷奇

有人吃德赛，有人吃主义

你吃臭豆腐玉米面糊糊

红楼虚构了赤都

你不虚构废姓外骨

仍有游行队列，你仍第一次

碰触那温湿的战马的脸

那分明是尼采的血

你们认作饲马草上的露

如果死者还在

你们将用隐语交易一回:

这妙皴的奇岭你袖去

这冻凝的小河我带走。

2009.8.6 夜读罢止庵《周作人传》后作

1935年6月18日，瞿秋白致鲁迅

先生：我来信和你分一个梦，
一条你也行过的山径，
你也举手指点过的夕阳，
乱山在梦中，未能捋平。

捋平也是伶俜，数日来我刻骨
然后铭心，骨雕成了塔，
心挖出原本的沟壑
上面漂着一艘载酒的漏船。

这是你也写过的塔和船，
依稀你也和我分过一个梦，
我仿佛记得曾坐小船经过山阴路，
青天上面，有无数美的人和美的事……

但此时只有明灭与呜咽
像我常常唱的一首国际歌，
载着冰与火，撕咬着
又幻变出许多灵光的火与冰。

是庾信远眺的，落星城，

烽火照江明。但先死者不是萧纲

掀开夜幕，秉烛照见

野路黄尘深。

后死者也不是庾信，我们不必并肩

看一百年后的树犹如此！

永别了，美丽的世界！

我仍记得一百年前栽过这棵小树。

这个国家会好吗？

这柄剑，几回落叶又抽枝。

先生，谢谢这一个梦

谢谢那么好的花朵、果子，那么清秀的山和水。

2010.5.13

1945 年 8 月 29 日，郁达夫致王映霞

每夜深，苏门答腊岛在移动，
浓雾如明轮，嘎嘎转如鬼哭，
把这世界带到哪里去呢？
我犹捆绑自己于浮岛下做梦……

银梭鱼擦过我的胡子，唱着叮叮
咚咚的歌谣。我梦见自己大如大陆
在黑水中翻动龙骨。
我是哭着的煮海人，但海不再沸腾。

当你是平原，是玲珑山谷，
是雪夜，是萤火明灭。
你是这一抹虚渺的国，五百万卷
残书载不下——这里只有毒蛾飒飒

火雨一般烧我的眼帘、我的家。
家已毁，你否认，家走动如骸骨；
国已破，我否认，国从伤口中伸出
他的硫酸舌头，舔我的伤口。

呜呜，两个日本人和一个印尼人
跟我一起哭这海，它冷下去冷下去
转眼到了冰点，转眼竖起了
它的万把刀刃。

国啊国，我缝补自己的左腹
在里面藏纳北平一夜、富春江一夜——
千灯耀眼。你收去吧！我全部的珍宝、
全部的自私、此刻突突不住的全部的血。

2010.6.15

雨烧衣

> 雨已下了很多，
> 杂草随着遗忘而丛生
> ——庇山耶 [1]

云烧衣，然后雨烧衣
在福隆里，在夜姆斜巷，点点
滴滴，在东望洋。
一海都是你听不懂的粤音激滟。

庇山耶，你幽衣幽绿，不待人烧。
那么烧我罢，我是空心哪吒，不是鬼王
我是折八臂者藕断丝连
待雨水燎火割断……

彼山夜，你并没一朵莲花作嫁
阿芙蓉半系黑襟，入花船
淅淅沥沥，一九二六年
在马交小岛，我们交臂全是陌生人，

---

1 庇山耶（Camilo Pessanha, 1867—1926），葡萄牙象征主义诗人，
1894 年到澳门，任司法官、教师，同时研究中国文化，生活颇放浪，
死于澳门，葬于澳门。

平托[1]远游于我罗骘带上一座牢狱，
我远游于你落山风上一间禅房，
她们在冷湖上交递冷火焰
你在我的青砖屋火塘中烧——

雨水雨水，雨水加于你热病的额
如同落与另一个鬼佬魏尔伦。
这是我的雨水，摊开是北国一城
纸扎宫殿。

今日你的名字下是一间大押
典当拉丁文的德成按。
你睡过的，所有鸟变的女人
都押走你一个说鸭子话的喙。

烧我罢，我是哪吒，你是雷震，
被捆仙索已经绑了多少年？
你我何者是前身[2]？
漫向太虚，淅沥烧，淅沥问。

1　平托（Fernão Mendes Pinto，1509—1583），葡萄牙旅行家，著
有描写东方游历的《远游记》。
2　"何者是前身漫向太虚寻故我，吾神原直道敢生多事惑斯民。"
是澳门大三巴哪吒庙门前一联。

纪念诗

—— 写给 马雁

一

香港欲雪，光一片片死去。
抱不住这雪，也抱不住这光。
群星在轨道上乱飞了七天，
翼尖承受那些承受不住的事体。

北京最后一场沙尘暴，
沙子灌满了我手中的空涵。
我们在北四环边上疯跑，
大树痛哭，城门外有幼驼迷途。

上海的雨慢慢，变得甘甜，
湿润薄土下的嘴唇。
你在一朵轻云上俯瞰，
你走动双脚顽皮地踩出时间之殇。

成都的电话响起了，
是小家伙给卡尔松摇铃，
如果连响三下你不用接听，

风抚摩这山河从来不说他的原因。

二

我记起多少次夜车
风吹开了黑蝶与它们背后的幽冥
幽冥又细细分开人间的每一片树叶
分开野兽与它饮用的忘川。

有时我看见高速路旁有人如鬼魂般站着
企图卖一点枇杷或者买一点爱
我才担忧这是一个没有鬼魂的世界
我未能与你交换青影或者遗忘的火焰

只能把它引回胸腔中作迷宫的勾连。
这疼痛如窗边竹叶飒飒，无数我在其中
失忆，起刺，滂沱，潮汐
搬运冬天在瘴疬原之上，无数我追赶

自己如波希米亚森林中的猎人
他们梦见狐狸又被狐狸梦见，实际上
捕兽夹钳紧了这一个大梦
尾巴宛转留红，我记起

多少次月色，从来无人说起它们的温存。

三

我不能把你从死亡中拉出来

即使是在梦中，在台北的快捷旅馆

梦跋山涉水，梦寥落沉重

你再一次拒绝了我的生，你决意去死

有多远的距离就有多痛的猛击

你不是越冬的鸟儿你只是卖冰的孩子

你的冰块在大街上滴答融去

你说那不过是夜花在开

你的夜花在墓地上寂静自燃

你说那不过是熊在沉思

那么你的骆驼队哪里去了

还有你那个走私军火的叔叔

这是你在那个炎夏中告诉我的最后一个故事

我至今未能猜出它的寓意只感到凄寒彻骨

但你的凄楚只用来自己摩挲取暖

你的身体只用来刺青自己的经书

我不能向你解释你的死亡好像

那只是旅行但路轨永不再交汇

连挥一挥手的机会都没有了我不再是

星野铁郎你不再是美黛尔

台北的一个旅馆模仿着上海的一个旅馆

我终不能跨越整个宇宙去把你那扇窗户锁住。

四

结黄幡是无效的，白菊亦冷极

掌心写一个无字，握手所有陌生

异乡神没有来信，异乡人黮脸

如此一天开始，阳光照耀隔世小苑

种花培土，你背影瞬间荒芜

如此一天结束，黑夜在袖口兵马杂乱。

向你学习，只爱看陈旧浮云漫灭

拥抱熊猫，以及昨日之水

它穿过一切现在，无损到达未来。

2011.1.5—2012.8.6

吾 乡

黄昏中她微倦。

吾乡在珠江以西

像一个小农妇，为傍晚莫名伤感，

说着一些别人无从意会的语言。

她那些清丽，已经难以分辨

是九十年代的新兴，还是二十年代的旧情。

可是我的名字就叫作新兴呵，她的蓝花小襟，

她的晚云揉碎了荡漾。

她准备晚饭，已经做不出更多新奇口味，

而水未沸腾前她尤独倚门，

向隆隆的未来索一把小葱。

吾乡吾乡，那些鸟铳倭刀我全卖掉，

梦中涨涌的大雾如酒，吃光了我的马头。

我是牵牛人还是蕉红花耶？

借月光抱住了她白细的肩头。

2011.1.14 返乡途中

致二十一世纪少年

一

日日渡海，采云，熬粥

在厨房安排九个行星的运行

无暇写诗，仅为你旋转不已

生命中最重要莫过另一生命因己存在

即使另一生命还在河边拾贝

你抬头张望，河畔林中雾浓

并没有我，于是你又笑着奔跑踩水

我们躲在松树爷爷背后偷看你

我们呼吸一百吨毒雾保护你

我们在林中捉迷藏，借鸟羽变戏法

林外是人潮滔滔，万千人不曾爱你

我们在万千人围观中卖艺

不敢炫耀，绳攀向空中我们消失

白鹤飞回，我们带着一捧茉莉。

2011.3.27

二

晚春暖中微凉，宜晨浴；

夏天在我们这个小岛来得格外早，

那流过我身上的河也将流过你的身体，

春风教给我的事情，我将一一教给你。

仍在梦中与蛟龙游戏的人，

你在成为我的时候，我也在成为你。

我们一起来做未来的少年，光头铁青，

四肢如香椿树一般干净，

即使被老人们的金屋包围也要如香椿树一般

呼吸着未来的炙热或幽寒。

你听到那击铎采诗的陌生人了吗？

你可听到那手持船票的另一个铃鼓少年？

我们的枝叶如海魂衫泛起浪涛，

向他们挥手吧，我们就是晨光编织的帆船。

2011.4.12

三

你率领所有的晨光向我迎来，

你的笑是海，我早已陌生的伊甸，

非此世的悲哀。

144

图腾机器包围着妈妈，包围着你，

你梦游如山岩间跳跃的岩羊，

含叶吹响那个一切文明终结的时代。

带上我们吧，我看见你在招手，

群鸟裹披红袍，瀑布上落如远古，

我有一根尺八，她有一匹白绸。

你的世界和她的世界彼此旋绕，

不顾此世暮色浓稠，梦已焦煳……

你是星孩，闪烁盆水的秘奥。

我练习流沙占卜，用我的鸟足。

我整装待发，虬腰虎首。

2011.5.9

四

请把你的勇气分一半给我

让我斗胆去认识生与死，别名尘土

与大千的那些东西。

他们饮酒和唱歌的人，并不智慧如你，

他们模仿树与风的人哪，也不自由如你。

你拥有没界限的国境，一匹马的平川，

却端坐如矿脉里的银。

我已知道前生离乱，而来世安稳，

为着你的缘故我在此时此地种莲。

我失去的光焰，原来写在你的书里，

我对这颗星球的忏悔将来由你诠释。

但你不必在意，自须随云行遍大地，

我们有我们的向镜孤鸾，

你有你的寥廓鹰飞。

2011.5.17—22

五

雨闪闪横落楼下操场，

我看着它们渐生渐竭。

白衣人骑车在林道上赶路

他的轮辐扬起清晨

积水与鸟鸣。

我寄托你来遗忘这世界

只记住零星，叶的翻侧与

虫子的散步。

你告诉我作为佛的时光如何吧？

你端坐、旋转如陀飞轮

时回首，一个诧异相。

2011.6.13

六

抱歉我今天仍未想好你的名字，
你和这个时代一样，只知道
旋转和舞蹈。蜂鸟一样
向自身深处取蜜。
多么希望过去的千年都和你无关，
希望那些死者、英雄或者 X 光上
的骑士、河上拾云者
和你无关。我与她也和你无关。
如果你在未来的黑夜里看见
一匹真正的马你可以随之远去，
如果你在洪水中看见一个小花园
漂过。告诉它们我的样子，
它们会记起三十五年前那婴孩
莲花中未失去的人，他也曾骄傲、无名
被他的母亲从虚空中救回，
又被荆棘世界夺之入怀。

2011.10.10

七

我们一起等到最后和最初的一天

世界剥破仍如新橙蘸新雪

你皱眉嘟嘴，不是因为尝到它的酸

是因为完美总是令人疲倦。

你是盐，无法不忧虑自己的纯洁

而我们是摄影术本身

在暗房里施魔法，试图曝光未来的喜悦

未来的确是千年的黑夜，你就成为

我们对黑夜之丰盛的确信。

那里昂首阔步的有千种兽和万位佛陀

你将介绍认识所有，包括他们四周的蕨纹

孩子，大气是磅礴之石，我愿为刀

未来是淋漓之笔，我愿为墨

云海从你的额发开始舒卷。

2011.11.16 写给我的儿子湛初

致失踪者

三十个小时了，你在寻找我们。

三十天了，三十年了，

一位，无数位失踪的人在寻找我们，

你们在山壑，莽原，河床留下足印，标下记号，

标出我们作为一个人的形状，标出一个

国度作为人自由呼吸的空间的形状，

磅礴如你们空出来的位置，鼓满了新雪。

此刻我们吃饭就是练习你的饥饿，

此刻我们入睡就是成为你的梦境，

此刻我们醒来就是代替你在说话，用消失的嘴巴，

而我们说话就是吐出你嘴里的血块，我们吐出

血块就是向大风击拳，我们击拳就是为了证明

我们的存在，我们存在是为了

反驳虚无的无所不能。

日子从红走到黑，又从黑走到黄，

乌鸦照旧梳头海豹照旧做爱，人照旧拥有人的名字，

但在回头时发现那个留下来伫立的自己已经不见了，

那个留下来和一堵墙辩论的自己被墙的阴影吞没了，

那个尝试把阴影卷起来放到邮包里的自己被收缴了，

那个被擦去了收件人地址的自己被放进了碎纸机，

碎片各自拿着一个锋利的偏旁。

我们仅余偏旁，顿挫，曲折，支离。我们是白桦树

满身是昨日的抗议，抗议已经成为一首诗。

让冰刀在树的梦境里一推到底，

让马儿低头看见水面上银箔似的蹄印……

早起的步行者们如群马在晨雾中消失，

雾也试探迈开四蹄踌躇如未生之国，

它仍在我们当中寻找骑手 [1]。

2011.4.4 深夜

1　"它在我们当中寻找骑手"出自诗人布罗茨基《黑马》。

返乡路上听森田童子

百亩水塘间仍有灯棚独自
守夜。你在唱孤立无援
之歌。苍苍小雪花，
我们的家乡全然裸露在宇宙中了。

任我们溃败吧像草木生长，
掩隐入夜气如流，车颤如蝉。
你化缘在千里滨，
负一石头佛像。
我们舍弃了的世界深蓝如染。

汽车睡着了，在二十二年前。
叱石过山涧，我只身如芥
落入呼啸的核子深渊。
抬头时，远不可及的
星星在给你我照相。

2011.4.22

秋老虎

——再致茨维塔耶娃

正午穿过草坡

烈日下看书，书上的雪哗啦啦流淌

那是老虎潜伏而至，用利舌温存我的胸腔

他如虫细鸣，最后倦睡进一弯花叶。

秋天不懂得德文，不与雨水相爱

三叶草腾起了大雾，蟋蟀王过马路

一个诗人的死总是那么清楚

她如虫细鸣，借不到一滴露珠洗脸。

老虎，老虎，那是铅一般的夜踯起了脚步——

东涌巨大的拱廊街中冷气吹拂——

那些露出了喋喋不休的大腿的人们——

那么多人不如你，没有听到死神商略。

黄昏敛乳，如书卷使人眼盲

这庞大岛屿也和你沉默呼吸，这些火苗

不是你我可以知道。这鞑靼的夜是否熄灯

不是阁楼里的提琴手可以知道。

不是猫，而是血味更浓的

一场被悬隔在千重花纹河畔的雪。

这最后一封信字迹潦草，是蜷缩在肉垫里

磨钝的爪子吧，磨着古老的心的……

秋天辉煌了，你抱着老虎。

2011.10.20

杜甫诞辰一千三百年

那天宇宙萎缩湿冷如一瓣木瓜叶,
被遗忘者的灵魂细纹愈合。

那农民工代替我触摸你的铜像,
仿佛他比我更理所当然,
更苦瘦,更凌厉,更知道尘世的幸福,
因此他把腰挺到了不弯的高度。

那铜像代替了你接受摩触,
仿佛它比你的诗句更理所当然,
更苦瘦,更凌厉,更知道幸福之尘垢,
因此它把腰挺到了箭的直度。

更迅疾,更锐利,更易于折断,那是什么?
你和你的时代都反对这种风格,
一千三百年,风格破了,只剩下风
在追杀着列车载不动的锦城春色。

我知道满地竹壳仍在烧自己生火做饭,
做饭就是锦绣万千吧! 我记得

碗钵瓢盆都在她的罗裙前奏响，
我们一起回忆全人类，独遗忘了她。

是日宇宙萎缩湿冷仍如一瓣木瓜叶，
善忘者的灵魂细纹皴裂。

2012.2.12

忆牯岭街少年

寂静，短发，柠檬里剔光，
伤膝，啄石，发苦衣领，
凤梨，山竹，碰了乳尖。

我重回那尘扑扑的马路，
听你崭新的车轮辘辘。
你的笑满满，光烧焚了底片。

一年一度的罗斯福路，
一生一次的牯岭街。
铁下心肠，把阳光打成利刀吧。

铁下心肠，把阳光打成利刀吧
够一个天使在刃上跳舞。
够一只豹子破开自己的梦境。

2012.3.17 台北—20 香港

沉香诔

那一意孤行的声音轮砍月辉
老哪吒思深如乌云中电翼。

无所谓故国哪朝乱枝何在
乱纸亦不书写这个冰冷王子。

谁的幽灵在层云烈霄彼端等待
谁曾与一张扑克辩论爱与不爱。

盆舟与雪意写满孙悟空的悔衣
落拓江湖掌中沉，伤追人。

你老妇团花的夜肩上曾有
少年哪吒一吻。

　　　2012.7.6 夜航成都机上听 Sainkho Namtchylak 呼麦

拟末日诗

最后一班航机
在七点准起飞
渐渐进入永恒
这个别扭名字
那死神的面具
这灵蛇的首尾

净化开始发生
烈焰像绿叶海
舔舐干旱洪荒
那些光辉灿烂
的人类纪念碑
不必等我重回
就签署了腐蚀
浪花另一身姿

不需十五分钟
天已经黑得连
黑夜也看不见
但是亲爱的你
看那干脆的花
那些瑟瑟灵魂

摇摆如这星球
最原始的一夏

我们飞机悬浮
平流层的银光
利刃翩翩之中
离毁灭隔千山
距重生犹千海
静静地看文明
闭合蔷薇花蕾
亲爱的你看那
亿万雄雌花蕊
烈焰当中交配

待冷落再重来
鲸骨下新家宅
将为不存在的
你我遮蔽裸日
为昨日水默写
为沙之书检索
为无字诗诵读
为白矮星表演
轻盈尼金斯基

2012.12.19

悼念一位诗人

——献给 也斯（1949—2013）

一

他离去在严寒的一个早晨，

历书上说这是最冷的日子，

接着告诉我们：雁北乡，鹊始巢。

他来不及看见但早已用诗句承诺

小寒是春天的第一个节气。

在雪人依然无家可归的时候，

在圣诞礼盒打开里面仅余黑色的时候，

在年之兽因为疼痛而低嗥的时候，

人们走过他曾书写的每一条街道

记得他写下的路牌和店铺。

二

当他还是一棵愤怒的树的时候

他的叶子已经携带雷鸣一样的蝉声，

因此即使他的躯体叛变，

他的根却牢固，攥紧此城的水泥裂缝。

而当他繁茂垂须如一株老榕树，

他得以静听风间穿过鸟语喁喁。

人们所以得知五十年前一则消息：

有关阳光在树梢上打了个白鸽转，

不同的脚可以踏上不同的石头，

虽然浮藻聚散云朵依然在水中消融。

三

香港已接纳他如接纳一株矿苗回归矿床，

是他最早与你耳语念出你平凡的奥秘，

人群哗哗向前涌动时我们思考他的驻足，

人群沙沙退后的时候我们方知他在伫立。

香港请转达他的静默如转达一则寓言：

那里尚未有野兽在林间施暴，

那里有炊烟尚未属于半山上的家族，

那里交易所的掮客尚未买卖自由，

那里自由人尚未习惯囚室，

使人低头的是一首诗，而不是数目。

四

"跟去吧，诗人，跟在后面，

直到黑夜之深渊，

用你无拘束的声音

仍旧劝我们要欢欣"——诗神接纳了

奥登和叶芝，如今欣然接纳你。

我们如徐玉诺，点灯——察看桌上的器皿、

器皿中的东西、四周的家什……

喜悦于你所留下的，希望找着你尚未找到的；

抬头看埋在黑影里的山、树、石、河，

祝福卸下了重担的诗人轻盈越过。

2013.1.7仿奥登《悼念叶芝》

百鬼夜行抄

点着白烛的时候。

我们也如灵魂照像于激流。

点着白纻的时候。

勒紧飘带的时候。

我们若新鬼学旧哭于闪电。

勒紧殍殍的时候。

唱出裂帛的时候。

我们一丝不挂行走于忘川。

唱出瞿厄的时候。

割裂家国的时候。

我们考槃在失玄马的春山。

割裂颊鬠的时候。

买卖醉枭的时候。

我们伤足在自杀者的苦林。

买卖罪销的时候。

以血洗衣的时候。

我们见无头之倒影于银河。

以血翕翼的时候。

剪纸手铐的时候。

我们越狱乃四蹄羁绊牵火。

剪纸守犒的时候。

检点悔书的时候。

我们的十指紧扣如划匕首。

检点彗束的时候。

拆离骨骼的时候。

我们是新莲浑忘初婴故梦。

拆离鸪鸽的时候。

数到一百的时候。

一亿个名字借用我们尸体。

数到溢白的时候。

一亿零一颗，星球昼行。

2013.5.28 零时

幌马车之歌

平白无故在自己胸膛上听到枪声

录下来重放，发现只是雨声

一个小小的死冷了宇宙

挂起了遗像，发现只是无情风土

野火一样地歌唱着，是要烧掉什么

我曾经爱着的，自我否定的野火

永别之后马儿抖擞着铜铃——山河红了绿

我是雪，在马鬃上的热气化作追随的精灵

2013.6.22 夜

致旅行者一号

照在你身上的光已经与照在我身上的不同。它们发出不
    同的响声，有不同的触痛。

你张开两臂拥抱的虚空已经和我呼吸的虚空不同。但是
    同样一张密纹唱片在我们的心脏转动，催促我们奔跑。

二百一十亿公里外，你是离我最近的收信人，其他人埋
    在雪的精魂中音讯不通。而我寄上的，也仅仅是嚼不
    碎的旧雪。

如孤独永不锈蚀。如惊涛永不冷却。如我们愚昧星球的
    智慧千山始终在穿越黑暗的电波上延续其荡荡之势。

不携带剑，携带伤。不携带死神，携带死之前的一片树
    荫。携带怒河之前的涓滴，涓滴中的粒冰。你将要学
    习的已经与我抛弃的春天不同。

它们发出不同的沉默，有不同的安慰。我为你留守这堆
    余烬，为你研究我的孤陋，它们将成为你无知的大能。

2013.9.13

无常之诗

你终于睡去如池畔小石
在你的大笑大叫震荡夜空之后。
你未能震荡夜空，你只是池畔小石
在我怀中耿耿——看，我怀中
叶落如火，在黑暗中飞散消泯。

夜复一夜，我们的快乐有意义，
我们的哭泣和撞头痛有意义，
可是我们的朗声笑意味着什么？
如果几十年后终归沉默
我们互唤爸爸和儿子意味着什么？

我等不及要教给你酒、诗与爱情之美，
等不及想看到你所爱的是怎样的女孩，
我怀中的落叶和劫火
许诺了一个世人均不知的好世界，
我也许会留给你们这把绝望的钥匙。

晚安啊，你们这些银河上的诗人们
请宽恕我最后向大地投降。

晚安，这些地狱里盛开的七色花儿，

这穿过千年冰瀑的鹿儿如此矫健，

真堪向他们托付所有无用的日夜。

2013.10.11

另一个仓央嘉措（组诗）

门巴谣

门巴阿妈的名字

能记下来就记下来吧

记不下来的，就像老鹰翅膀下的松果

飞到山岭上，飞到公路边，飞到溪谷水流中了

老阿妈给你喝的青稞酒

能干多少杯就都干了吧

喝不尽的，就像勒布沟的日夜

变成苍绿色，变成碧蓝色，变成错那宗的胖彩虹了

仓央嘉措让你写的诗

耗尽你的气血也要写好啊

写不好的，就让它们像那些赶路的姑娘

一会儿笑，一会儿唱，一会儿就去爱上那些浪荡的男儿吧

1695 年，贡巴子寺

原来我就是你收拾坛城时

不遗漏的那点微尘。

原来大地金黄河流泻银

是因为你在俯瞰。

无论是你十二岁的眼睛

还是风在游荡的纵目，

你总是带上我像蜀葵带上玉蜂。

于是我也斜扛起破碎山岭

像一个喝醉的男孩，

像你侧睡牛腹过冬

像 1695 年一场无罪之雪。

像 1695 年一场无罪之雪，

葵嗥寂寞动摇这破碎山岭

不知道多少年后谁流离寄锡

在此猝梦自己的前生？

一盏灯熄灭了过往足印，

一个沙弥抚摸自己新剃的青青岗顶，

山神也出来抚摸

我们脆弱如金刚杵的头颅。

一盏灯重点起错那金银

旧寒初春，他就是从前的他

重新在世界的边缘绘画第一座坛城。

山南行路谣

走在山的胡须中时
我们都是山神
高呼感谢波拉爷爷山的时候
我在感谢自己：
　"你自在、沉着、舒展丛林
就像那些拥有幽蓝色
怀抱的大山一样。"

　"走出芒芒有五条路，
进来的路却只有一条。"
你在山的胡须中辨认自己的命运
山也在你的掌纹中辨认山的命运；
一个北上者与一个南下者重逢
他们唤出了彼此的乳名，
在马牛回首的时刻。

在沙子河水中分流的时刻，
在大雪集结出阵的时刻，
在柳叶浮沉指路的时刻，
在晨星换岗的时刻，
小狼忘记了它的情人
在山神的衣褶间睡着
梦见牦牛毛蒙眼的少年人。

"感谢波拉爷爷山，
我的心脏在过小小的雪顿节，
那些梦游的藏人都戴上了面具
那些严峻的草木都跳舞了。"
走出悲伤有五条路，
进来的路却只有一条，
春雪填平四方沟壑。

1702 年，退戒吟

雷声滚滚的日喀则，
鹿腹下雨的扎什伦布。
竭力讲解虚空的导游，
被判哑巴的歌手。
昨夜墨眉双目暗星的姐姐
我来奉还我的耳朵。

我来奉还并不存在的版图，
奉还河底深刀，嚼雪的强盗，
并未黥破的一张汉脸
但是我也要奉还。
画眉鸣春的达旺，
鹦鹉终老的贡布。

湿石画火之戒，喝星之戒。

麻叶返雀戒，冷柱隐字戒。

多少业，多少。

无地可以三顿首

就让世界三千大千世界

在一只命命鸟的翅膀上飘摇。

1703 年，仓央嘉措梦见仁增旺姆

梦见她的时候

我宁愿我是宕桑旺波

有一双世俗的手抱起那世俗身体。

当她醉如萎谢的大蜀葵

黑裙如桑烟裹她

倒卧在我的密修房门前。

我的双手掬起，雨水里的雨水。

是雨水不能洗去的雨水

肉体销磨不了的肉体。

我与她未曾谋面

也知道她是仁增旺姆——

曾经在琼结为我煨桑，

在上一世为布达拉宫打阿嘎唱歌，

并在来世借给我翅膀让我飞回，
但此世，是黑夜隐藏了的黑夜
肉体舔融了的肉体。

梦见她的时候
我知道山南道上下起了大雪
而她在喜马拉雅山的阴影下赶路
路过了寂静如死神的风马、雷牛
然后被我梦见。
她的乳头比唐卡里低一分
乳房热而轻；
她的羞赧比青稞淡一点
早晨的腰有黄昏的瘦。

晨光金黄如箭，
一夜少年秉着南弓寻虎。
当我骤然醒来我好像还在贡巴子寺
眺望九曲河流茫然映出九个太阳。
我和仁增旺姆必须错过，
就像错那的雨水
必须解开落地的花蛇结；
就像拉萨的鸟和石头
终将抛散在须弥的两边。

1706年，拉萨

去错那的车开了停了，
门隅的布谷鸟为什么叫吉吉布赤？
流经桑耶的河水浊了清了，
琼结的画眉鸟为什么叫作索南贝宗？

今夜，你应该和我一起在拉萨，
被雨把肉身打碎，
把宝石头盔掷入八廓街的泥泞，
然后我们重新做鸟国的国王和王后。

最后一根嫩枝从闪电中伸出
环抱我们如喜马拉雅山的两臂；
今夜，你应该和我一起在哲蚌，
听水转经筒里群星的淙琤。

明早我们同行转世之路，
青春如昨日，悄然对答：
门隅的布谷鸟为什么叫吉吉布赤？
琼结的画眉鸟为什么叫作索南贝宗？

2013.7.5—24

小观音

车过粤北，烟树蒙昧了晨昏
我不知道这片大地上还有那么多空城
无论是新建的还是已经被遗弃的
两者相像如守着末日余烬的骨肉。

然而一个年幼的观音端坐在枯山的尽头
一任烟树如浊水溪流披面
凡是你建造的你都会看顾它们全部的死灭吗？
沙子被淘光，日子被霸占，但河床因此深广。

弹指，你让金雾丝丝侵进这全密封的车厢
像把一口呼息送进乘客飞升的死亡航班
十二日夜，涡轮空转，泪水如钻石
凿坏了法身——我不知道地球上还有那么多

活着的。火焰。

2014.3.20 夜往杭州火车上，悼马航失踪者

雨的轶事

除了一撇一捺的雨
我没有从五月得到什么
就这一撇一捺
在被遗弃的稿纸上
建起了足够的囚笼
关满了求仁得仁的
一顿一挫

在雨里眺望大屿山群峰
虽不高但有着高原的明雾
显示某处已经晴朗
某处依旧集结着凶暴。
在雨中他写下万国志：
    "十字架不过一横一竖
无法分开先知和盗贼"

在雨里眺望大屿山
渐渐转暗
行山人在山反侧的地方迷路。
但路，提着灯远远走来

177

远远地用闪电

向被雨割得遍体鳞伤的人

打了一个又一个招呼。

2014.5.10

阵亡记

——兼怀吾友马骅

耀眼而中立的夏天不置一词
……亦不过问一个人死去的方式；
——W. H. 奥登

恰恰在你失踪十年的那天，
黑鸟深夜哑啼，
我目睹自己在火网交织中死去，
就像澜沧江里的善泳者
最终失去联系。

你告诉我激流就像火网交织
为你琢磨了一个金刚身体，
你的沉默为大多数人的沉默提供了理据，
而你的愤怒却明显不是。
那么沉默怎样安葬我的哑啼？

树枝伸出援手，
猎人也不吝啬他枪管结出的樱桃，
这虚拟身体无疑将会扁舟渡海
却不是沸腾的泥牛，

黑鸟在它的耳蜗里面寄居。

十年足以令一个歌剧院荒芜，
无论是否你钟爱的女高音唱出。
你知道最后一排座椅底下躺着的尸体
正幽幽念白黑鸟最黑的唱辞：
你知道沉默怎样雄辩我的哑啼。

不是那水上行走着的
灰衣的杂技诗人，
他的哭泣始终和你我一样，
他笑起来却大大不同
如此妩媚，正当我离魂此际。

拒绝哀悼一个阵亡的名字，
拒绝询问彼此踏雪的行旅，
不在光里头搜索光
不分辨夏天的客人是红是黑，
沉默恰恰，在一条锁舌里寄居。

2014.6.21

回旋曲

暮色里花园，雨点零星间

你父亲的幽灵回来了，

带给你大海波光粼粼

一如你两岁时流过你手背的喷泉，

他记住了黄蓝相间的瓷砖，

你记住了水的清凉，

世界因此而永恒。

父亲的幽灵如博尔赫斯

抚摸着叶隙漏下的星光缓行，

你的、我的、他的父亲

在方舟上坐着

说起某一个遥远的下午，

那时一样有战争和不顾一切的爱情，

那时一样有罂粟子为面包添香。

暮色如期笼罩这个例外的花园

我们从死者的队伍里被豁免，

因为你记得细浪排列的纹样

你从我的掌上辨认

它们推送帆船出航，

你记得奥德修斯在星空下

曾给你指点树桩上年轮微倾。

当夜晚行军的船队陆续没入

海伦的发，

"爸爸，你看见那个小船吗？"

最后的一个水手划着独木舟

在南中国海隐入海伦的梦……

暮色里花园，我的孩子

如幽灵掬水，洗濯看不见的马群。

2014.7.21 写给湛初

趁还记得

趁还记得，睡前剃须。

趁还难过，梦中再次话别亡友。

趁还痛苦，醒来仍然抚摸这个城市，

让在海边徘徊的晨光再次亮透你的衫袖。

趁秋天尚未变灰，到旺角去让烈日审问灵魂。

趁黑夜尚未蹑足走路，跟上它的漫游

从铜锣湾到金钟，走一条也许是最后一次走的路。

趁还记得，填好信封回邮。

趁昼长夜短，收拾好平生故事，落草为寇。

2014.10.20

香港山水图册（组诗选三）

金钟溪山图

留白处是那些失去的
大半个香港，在虎与霾
之间肃行，寻找着逼仄的过道。

它和我们无限接近
但总是敛羽欠身。

在最边缘处，海的幽灵筑起堤防
向左右内外分派蒹葭和光。

眺望者将盲，却可以发声
倾听者能目击，山水叠合
成更大的沉默。

龙和道如虚无瀑布，溅出暗黑兽
蹴岩林立危雕：那些幻影大楼。

龙汇道曾乱冰簇涌，然后

干诺道溪流清远，在夏慤道上扬成飞涛。

且耕且猎且读，樵夫雪盈袖
这是无何有的一个香港，氤氲灵秀。

画家在深崖下签字、钤印：
都是团团清冷火焰，八方涤沥这幅铁卷——
送赠给未来的孤儿

让他们学习我等先民，结庐、引水、停云，
看雨而长啸。

2014.11.17

旺角行旅图

是白禽翻翎将憩
薄雪落在弥敦道四周。

是游侠重新辨认故土
重新安排猿啼、轻舟和疏竹。

那明灭的上个世纪的霓虹招牌

就让它们随霞光和人影明灭远去。

我们领受这一次逆旅
在即将涨满的暴风前面安居。

长帆数点带起幽谷
怒潮趁月色把亚皆老街凌越。

每一点浪花都化身一位逸民
眨眨眼他们又全部鳞光闪闪潜遁。

这里的边缘是焚断的残卷
这里的缺山和剩水藐视金碧青绿。

大雪落满了弥敦道
谁在独钓这条荒芜英雄路?

2014.11.19

铜锣湾隐居图

红白蓝翻覆起小山
电车轨重又成栈道。

深隐于金铺和 iPhone 的俯视下
你入营出山的身姿，像年青的松。

松不知山外尘世速朽
也不以松涛回应时光激流，
那些乱笔都藏有阵法
松针补缀着一匹误闯桃源的云。

电车叮当像幽灵荡扁舟
依旧梦回轩尼诗道，
它带来又带走这些青松的沉默
这沉默早已烧着了秋雨的脚注，

这隐秘的肉身抄经
烧着了维多利亚的录鬼簿。

2014.11.21

辑 三

金色臂

那男孩悉达多见过的，
那道旁石佛与集中营饿殍见过的，
清凉金色臂。摩千百万亿顶
抚平发旋里，滔天浪。

你的小女儿，她祝菩萨身体健康，
我的小女儿，她安慰菩萨，
她们皆有金色臂，在流浪路上如林广植。
你我，不过腕侧刺青，如象奴，借此暂憩。

2015.1.15

镜花缘

捧着你，一分钟
血盂中一片非此世的雪景
镜花缘：不是我的血，不是她的血，仅仅是
地球一分钟摇晃的支点，你回去第六维。

第六维：静止维。我的船在浪尖搁浅，
2015 年，我低头向你合十念经，看见一个宇宙豁然洞开
镜花缘：血为你编一发辫，为我留空一簪花扣眼
容纳一个骑羊少年的远行，你曾唤他作父亲。

2015.1.17

当我们坐在冥王星的冰块旁哭泣

当我们坐在冥王星的冰块旁
哭泣
太阳也捻熄那些飞腾的火焰
变回一块顽石
我们在这里重新定义
遥远、匆匆、仳离这些难过的词
我们看到一颗边缘开始崩坏的心
我们重新学习变心、赴约、失忆
这些豁达的词：豁达一如
那安息在地中海般巨大的冰墓里的小王子

如果我忘记你
就让我的左手忘记我在你唇边拾火的干脆
就让我的右手忘记你小腹的钥匙
还是让我的唇忘记吻的苦味
还是让我的肋骨忘记颤抖的湖水
就在太阳系的边缘
我的双脚悬空，突然想起你被逐时的名字
从四十三万个名字中间一眼认出
当我们坐在冥王星的冰块旁
哭泣

2015.7.15—16

过旧居

我独自给烈日下的离岛

裹上夜行的衣袍

仿佛整个星系的舰队垂临的暗。

你回我的梦如回家，

地球会为你留几星灯火，

痛苦如一把发绿的铜钥匙，

我的掌心还有几处你熟悉的角落。

但是新客更换了旧锁，

亡友的来信卷在信箱里，消瘦的海

在信封里以湿润的鼻尖深嗅哑孩子的发。

2015.8.7

新居赋

无疑你将比我的肉身
更为久远
在我倒下后多年仍将屹立，
因为你是人类冷酷的象征
包裹着火苗
依然是石穴。

在你面前海与蚂蚁们
争夺着土地而血液里
有盐的必胜。
在你的根部蚯蚓与钢筋缠绵
你就是未来的母神
隐密中产卵。

未来的人从你的残骸考古
不知道屏风这个词
如何由委婉变成强横：
你迎风竖起六十层簧管
终日呻吟：未来
并非我梦见那样。

我尝试研究你

如研究自己的遗迹，

生活之恶

反对着乌贼骨的音乐，

我援引了那个

无家之徒的营造法则，

结室于露

确保了春风一度。

如是我回看熟睡的妻、子

知道一切如烟的其实坚固：

我打散这些诗行

建造琉璃船坞；

我砌起这些呼吸

摹拟云的地图。

2015.8.21

软体动物小步舞曲

我们一丝不挂地在爆炸的圆周外清扫

我们要把马路、高速路、饿鬼道和奈何桥

都打扫干净——

起码，比我们苍老的皮肤干净

才能救度这棵树、这辆车、

这枚婚戒、这身玻璃做的衣服

我们一丝不挂地在痛苦的圆周内清扫

外面战火连天，里面却平静

如一个长跑的巨人

它不想再吞食无辜，决定奔跑至死

我们一丝不挂地在天堂的圆周外清扫

即将给众神端上一盆沙律

罗勒是你的舌头，火箭菜是你敲击键盘的手

我们一丝不挂地在性器的圆周内清扫

我们一丝不挂地在机器的圆周外清扫

我们一丝不挂地在谎言的圆周外清扫

我们一丝不挂地在遗言的圆周内清扫

我们光滑、冰凉、好色、迟钝

像暴雨后赶着交配的蜗牛

2015.8.15

九广铁路上

还好，火车仍很火车
保持住 1950 年的从容。
我辞庙但不辞穷
挥手向新一军碑上的瘦鹤，
挥手向决心死殉故土的焚风，
掩涕不为邻座农妇所觉。

那个冬天岭南孽雪
从尖沙咀直到新兴县
像随意妆抹的坤伶
与败军语言不通。
我奶奶忽觉天地之大
铁轨笔直几无回旋可能，
在沙田养鸡不如回乡伐竹。

还好，百姓不知帝秦
亦不知有汉、唐、宋、明。
我奶奶的黑襟衣崭新
发髻梳得一丝不苟
不知道为什么
自己的美令邻座同龄的男人哭了。

2015.10.1

反科幻诗

我们就如此安于落后的人类躯壳

寄生在落后的二十一世纪

身披纤维但始终渴望皮肉摩挲取暖

不嫉妒同性也保持与异性的温柔和平

做爱之后依旧像野猪般感伤

做梦时依旧抱紧床沿如纸莎草灵船

失眠便以更落后的巫术比如白酒和烟叶

来挺过独自面对沉甸甸的星空

我们大多数仍然不懂和虚拟的灵魂较量

混淆光年与余生为一样的短暂

对大地上遍布的蚁穴、天空中

拥挤的祖先视而不见

我们哭泣时流泪的毫升

与巴比伦陷落时她们哭的差不多

没有忘记在泪水中放盐来防止它凝结

没有忘记在翻动书页的时候小心翼翼

就跟你们在未来检索我们的全息影像一样

你们没有忘记加密我们的诗来防止悲观

和 1989 年我们哭的差不多

你们撤离地球时你们放弃服用控制绝望的药

对星云间遍布的陷阱、黑洞边上

挣扎的探险船视而不见

混淆三岛由纪夫与鲁迅为一样孤独的运动员

你们大多数仍然不懂和神调情

独自面对被传送轨道切割的星空时

甚至没有多少巫术比如圣经和摇滚来抵挡梦魇

做梦时被电子羊一点点吃掉脑中光纤

做爱之后忘记关掉二进制的呻吟

与一个外星染色体交换快感编码之后突然想

问一问它的父母们是否依然存在于某个坐标点

它们摩挲是否足以温暖你们穿越的光年

偶尔想想落后的二十一世纪

那些小人儿用一生与速朽的肉体达成和解

为纯粹的虚空增加 21 克的重量。

2015.10.31

东澳古道[1]

出发就不知归路

海盗汹涌而海在两百年后静止

黑船游弋的地方如今飞机升降

他们在山顶眺望郑一嫂

白裙湿透

背上都是历史喃喃的刺青

而我们入密林如自己的人质

把码头废弃

把夕阳灌满空气

东涌河水潺潺

拾蚬者仍依此道往返

往返于击壤的那个中国

与伸出珠港澳大桥的那个中国

我们在山顶眺望

那些富贵且咸湿的事物把我们陆沉

厓山之后，我们在此埋下厓山

1　东澳古道，从东涌旧墟通往大澳，可能是香港离岛上最古老的道路，源自宋代，清代张保仔、郑一嫂等海盗应也使用此道。

我们使用宋体和明体写诗

在路侧、石上

全然不顾路牌上的英文和拼音

它们绘制地图而我们绘制道路本身

即使像一群无家的鹰

出发就不知归路

最后我们来到大澳

想象伶仃洋，每一朵陈旧的浪、

新鲜的浪，是否也如我们

撷花而无处祭奠

那些海盗，那些酩酊于山脚秘道上的天使啊

都是她的情人，都是我们

2016.1.19

后觉书

我在人间的历练远远未够

请让我继续洗碗、擦地、晾衫

请让我再重复一次一个父亲

夜半的惊醒、日晏的困倦、傍晚的自燃

当然也请不吝把我送给森林和幽谷

不吝让我结识那些野鹿一般的青年

还有那些春溪一般的老人

我愿意是被吞咽的青草或者雪泥

也愿意是漆黑中深嗅血腥的公熊

哦让我被盐和月光加冕

那些熊成长中必不可少的事物

让我手执盐罐与锅铲如兴奋的造物者

在自己的腿腱上跃起如一条不知归的抛物线

急速穿过厨房、阳台、公车站与码头

每一次换气都变成一艘远洋货轮的体量

全身空空荡荡,锃亮的甲板上除了我一家人

运载的全是昂贵的浪沫

四十岁才喝到的美酒啊

我不知道向谁称谢,跟谁结账

也许我应该再去一趟超市，看看能否遇见

二十四小时待机的惠特曼

2016.4.24

鸟 铭

今天高空上云的样子如此好看，
像一件件舒展无限的白衬衫。
它们拂过我的双翼
和当年拂过那些年轻脸庞一样，
沾不得血星半点。

而在此哀蓝屏息的中间
有硕梅丛生，充塞了空间，至时间之隙，
那是我们无从反驳的梅，也无从说起什么悼念。

白衬衫和白梅，白上面有一点红，
是我搜尽千冢所留下的，
是我不断前飞，不断被击折，在变化中留下的。

（是啊，是鸟的残骸勾勒出了群山，
它也曾在高空中俯瞰大雪落满了六月。
学习它吧，让气流把长须掠向虚无，
学习它一夜统领万物，
一夜放弃万物。）

我也愿布满远行者的遗物如雨雪一样，

深渗你的白衫至透明，且又说：

今天高空上云的滋味如此甘甜。

2016.6 香港飞南京

吾乡诔

吾乡洪水滔天
铁云万朵如偶师缩爪
拉扯起遍地衰叶
吾乡并非
一枝尺八焚骨

一袭弃衣般
在床上啜泣的
我外祖母也如偶师缩爪
未等到她父亲的幽灵过路
她父亲黄木匠，善做梳

1945 年，十七岁女儿离乡
嫁给一比她大两岁的师范生
空华一闪而谢
她成了吾乡手捧灰烬的女人之一
而未觉

吾乡的黑漆贝盒
内里的霹雳写着死寂

我外祖母向我挥手道别如牵马入河

她的马死于 1957 年幸得全尸纳入

一白信封

这山山水水则破碎待罪

则刳目沉黯

则不渡而溺、欲息而熄

临镜大㤉、相濡以刃

则决。这山山水水啊。

2016.7.29 广东新兴县回港车上

月 亮

如此时代，观看明月也似乎犯罪

借月光来比喻好人又似乎是另一种犯罪

然而我们还是看了、谈论了

这侧身井边汲水的少女月亮

她保证了我们的素心

千丝万缕通向哀痛万物

我们还是爱了、铭记了

这欠身下单车的老妇月亮

我的鼻尖仍然留存三十年前她的衣香

当时我们通宵骑车经过陌生的村庄

眼前栩栩清亮，未知这就是明月夜、短松冈！

2016.9.15 中秋，献给我的母亲和外祖母

致二十一世纪少女

伶仃洋的碎光托举着我们

跟随你过青马大桥

把秋天的弦乐向大陆推进

剪开前面密集雨云

你就是雨本身，反对立方和金

你是蓝，一笔绵延未来的长卷

我们是奔跑的树

伫立的雷电

岛屿之女，名叫索非亚的幂

遍被人世的头脑蜂巢

你的爱并无例外于他们的蜜

一万股压力，我只愿你轻轻降落

和那些苍老的石头青春的石头

狂暴的石头羞涩的石头

一起在星球这个早晨凝露

我们是昨夜之怒

如河畔的帐篷一样熠熠苏醒过来

便有轨道无限不稍停留

枕木们思念手风琴上的花瓣

高山思念羚羊的跳跃

不为什么，只因为心跳汹涌波涛

是我们行路人独有的幸福

来让我们一起学习

疆界的移动消泯

学习一株喜极而泣的苹果树

2016.10.12 仁安医院待产室，写给女儿湛衣

大屿山野史

蕴含光的抛弃

我在这里留下两粒种子

我抚摩婆髻山

像一千年前一对先民的互相爱抚

她们不认识字，也不知道帝国的余晖

黑衣恒久隐藏她们受伤的白乳

她们也不打算为世界带来什么

就像海沙一样默默流失

当山与山相叠

没有谁会计较谁是谁的影子

帝国一隅，两小儿辩日

他们当中的一个将在梅窝登基演戏

另一个则沿着海岸线测量岛屿

叫魂犹如再次生育自己

我从未许诺带他们返回历史

但也不允许海水一排排浪鼓掌欷歔

山与山做爱，撼动着死神的床笫

当龙的眼睛转移

忽视这山野间豹隐的角落

海盗与草民换装走进台下继续看戏

被骇浪赋予第一次高潮的母鲸

再爱一次，获得繁多物种

耕耘深海里的根系

当龙的眼睛在高空中盘旋凝视

机场与长桥起伏如粼粼白骨

滋养这世界的依旧是她丰腴的尸体

在半个世纪前大屿山回到十八岁

知道一些笑声是香港从未有过

他们束发，从黑到银白

依然是高耸的芒草中间的剑茅

召集起漫山遍野的精灵鬼怪

凝聚一片南方的灯海

从此海岸线的逶迤就是他们的逶迤

从此台风的延伫就是他们的延伫

蕴含雨的缠绵

我在这里留下几行足印

里面有草有石屑有尘埃，也许还有雪

有一只无名小雀过千山过千海

一个人穿越十万岛民的形象找到自己

多少车来往、飞机起落、铁桥牵缚

也不能让这岛屿披发离析

总有暖夜与寒星照看我们

和它一起在黑暗中挽结它的纹理

2016.10.28

阅后即焚

1

1975 年。那么多人
丧失了为人资格
排队等死。黑色的树
在北方结满了瘿瘤
国家如虫，虫如国家。

我独自在南方出生
认识诸天的寒意
白衣裹刀者
立于母亲床畔，如金刚
细看是霜花。

又是生者与死者
抢夺医生的一年。
又是病牛噬掉埃及的一年。
匆匆赶回的父亲
长得像火神，吓了干部们一跳。

外祖父矗立在荒山顶上
襟袋插着横七竖八的主义
他一身由瘦金体组成
他四十五岁又临大惑
乱蚁和南方一样。

1985 年。人民
正意气风发，江山滚圆。
我在扮演的是
我刚刚死去的爷爷
在香港不归，却裹足在本乡。

2

年过了，剥开柚皮
是我混沌在其中
把愤怒忍酿成了苦蜜。
这些牙齿继承了童年的饿
反噬着少年。

河过了，我还是那匹小马
腹部濡湿似血
当一代人云集

喊出的口号都是恭喜发财
长颈鹿冒死翻筋斗。

夜陡峭地高，并不漫长
老石油中死去的小飞将
仍嘤嘤着故事的好。
它的口器擅长亲吻
而不是祭文。

奇怪，我也总是记得山荫路
遇雨的一夜
那个走失的人肯定是我
肯定不是雨滴本身
雨滴粉碎的翼尖。

写下一句，意味着丧失
无限句。诗是酣战、大戮
不存在的猫闻声而动
我的脑髓滋养
我的悲伤供奉。

3

2045 年。光在耗损

但暗也必然亏空

菩萨机器的运转尚未缺油

一个妓女肩负万吨

南无阿弥陀佛。

主义准确到

每一片落叶

但不排除一张白纸

黑洞了宇宙

一个符码，咬开七光年缺口。

我旧邦的酒太甜

新世界又下火焰

独木桥上有度母

万顷林中屠宰着麒麟。

2035 年。黄金开始

粪土不如，地产商在寻找针眼

激流中仅仅复活了屈原

一块结舌的利石

呼啸着击中，1965 年。

2017.2.9—12

其 后

——给湛衣

后来有两百人成为诗人

一百人成为面包师

五十酿酒师

又两百人耕种和手作

五十人渔猎

这样足够了

足够爱一个岛屿

其后

孩子们学会在云上走

父母都被放弃

雨洒日晒，不求甚解

裸露的身体结孕果实

这样足够

足够再生一个海

最后一人在酒瓮中甜睡

梦见千千万金屑

自过去的城剥落升起

我有一首挽歌

不打算带往未来

你的笑靥足够

清空我的时代

2017.3.2—3

三十三间堂遇菩萨海

一千菩萨堆叠的压强甚轻
如果我沉下去必不得上浮
第一千零一片,不拈的花瓣

但有一个悲伤的老妇挡住这海
她是树,擎住夜空
夜空上也是我,猛火缭绕

这大星是熊,躬耕着不毛之田
菩萨不负责任,倒用盐一遍遍洗刷
用霹雳一簇簇隐匿:尸首

如果我泅渡此阵生还必不是我
但猛火中一只细手稳稳拉开纸门
睡醒的小女在树荫下接引

2017.4.16 京都

过曹源池见小彼岸樱及踯躅[1]花

遍地都是小彼岸，你伸手，桥就在你的手中缩回。

遍地都是踯躅的花根离析，你低头辨认路，路就化成鹤
　　飞走。

叶踯躅，海也踯躅，翳耳轮里踯躅，烧眼者也踯躅，

小兰指踯躅，大方丈也踯躅。

小彼岸在我肩上沉沉压下，小念头碎步，听得鹂鸣缠住
　　刺客的刀，

一踌躇你梦见杀你的花：

在长廊上奔跑的男孩突然在荒野中拄杖如李尔王白发
　　怒号。

他答应来生成为你的父亲。而今生，仅仅是一声醍醐鸟。

2017.4.18

1　踯躅，日语里的杜鹃花名。《本草经集注》："羊踯躅，羊食其叶，
踯躅而死。"

论完美

那个赤裸上身的男人

为什么站在一缕阳光中

站在立交桥的框架里，结构如此完美

但是已经和我无关

把他雕琢出来的手

和把我雕琢出来的手都消失在空气中

它们表示放弃，还有更重要的事要忙

像五十六亿年前的那次放弃一样

让我们和那独自完美的行星一样

但在纯黑当中，有另一颗星

偷偷掏出了相机

有那么多荒谬地无用的细节需要记录吗？

有那么多生或死的肉体被千缕射线细心烹调吗？

有那么多敞开了裂口的心脏需要用力缝合吗？

哦，这条路也许不能去到任何地方

我的踌躇是我全部的勇气

在我路过的那些完美的劳工吐出的完美的烟圈中

化为鲜嫩的乌有

2017.5.8—11

父亲节写给小儿女之诗

爸爸要提前感谢你们

在日子来临的那一刻

调暗灯光，息我双眼

开窗把最后的呼气放走

把寒骨送进火焰片刻温暖

余烬装在沙漏里面

送给你们的妈妈

一切如我所愿

一切宁静如海洋

然后我去寻找我的父亲母亲

不管那海洋有多深、多么黑暗

我们将一再穿过彼此，像自由的粒子

我们将一再拥抱彼此，一再被爱困阻

被爱解剖

被爱缝合

笑一笑吧，英勇的小兄妹

假如你们看到云，学习它变幻而不消弭

2017.6.15

待旦之诗

今夜无法写作，

打字意味着敲击墙上的每一块砖，

血饲那些囚徒刻在砖上的日子成魅，叫喊成灰。

今夜孩子入睡前问我：

多少把光剑才能盖过太阳的光？不，一亿把也不能。

鲑鱼始终在银河里逆流而上，被二千艘恒星级战舰的残

　　骸割伤。

今夜无法成眠，

做梦等于把铜钟一遍遍撞向脑叶，目击

光扼住光的手腕，说：忘记我等于背叛一个人奔涌了千

　　里的动脉。

2017.6.27

蚁之诗

假如蚂蚁会写诗

将有多少诗篇书写它们的烈士

都是幽暗的火、冷冽的碑

抑扬顿挫的狂草、大醉

记述那些天意或者意外

牢狱或者病魔、毁谤

离散或者全灭的反抗小队

极黑的雪同样为它们落下

它们同样会用他、她、祂称呼

雪中僵立的塑像

相信塑像中也有黑血沸腾

甚至，它们会把盐、烟灰和杀虫剂误认为雪

扩充它们的隐喻以及结尾有力的一句。

然而人类不会在意，即便是最慈悲的人类

也不会读懂蚁的诗。

2017.6.28

忍声之诗

当先人的尸骨铺满了地球的浅层
这颗行星会否获得新的闪耀或者黯淡之方式？

阳光下深水坞游荡着悲伤的薄鬼魂，
而举国翘首，准备好为一声惊雷送上提早聋掉的耳朵。

2017.7.12

其后，雨

在没遮拦的街道

在临时的屋宇

在未诞生的山岳

在停产的工业区

在首都，在边陲

雨不停地下着

把海带来

每一个人的肩上、胸前

渐渐地我们湿透

获得了浪花的咸和涩

习得了耸起或退却

但有一些零星的灰烬

它们在海水中叫喊

说要拥抱我们

要告诉我们

火的往事

远方的海就在这时裂开

像千具佛像

身上的纵横琴弦

被月光一一捻起——

你已见过大海

你已经被海盐灼伤

你的手上有血

现在是弹奏它的时候了

在默默折合的伞下

在移动的广场

在萦回不绝的长河

在天文台与小酒馆

在故园，在异乡

雨不停地下着

把海带来

每一个人的耳畔、唇边

2017.7.16

夜车高雄北上

大块灯火如割剩的田野

猛扔进中年的黑洞

呼息寂静任由高铁的利轮碾磨

抱着女儿在每节车厢之间窥看

蹲地而睡的鬼魂是我

空置的电话亭里打不通电话的异客是我

在不存在的岔道口把快车扳到另一条铁轨的野孩子是我

女儿，你快看，这都是日后你将爱上的人。

在左营没有上车，背着军刀苦苦寻找仇人的老兵是我

大块灯火如熄灭的心脏

挥洒在蝙蝠群的艳舞中。

2017.11.18

怀疑论

我怀疑圣诞老人

尚未诞生

但我还是把袜子置放

在黑暗中央

因为我相信我父亲

硬骨头扎成的雪橇

走过苍苍，常见余辙纵横

我怀疑希律王

尚未诞生

满城的婴儿茁壮成长

我还是把稻秸编成小花环

从粤西乡下的田垄

摆放到奥斯维辛的炉前

点燃，为星球取暖

我怀疑

耶稣尚未诞生

我们每人都是一堵哭墙

砌满了对幸福的背叛

在迦拿地方的婚礼

不敢喝酒

走过各各他，低头不语

我怀疑

这首歌谣，尚未诞生

提琴共鸣腔所用的良木

还在我小母亲讨山的手上

琴弦还在她未落的泪中

当神借重担为琴弓

击打她赤红的肩膀

2017.12.25

母 星

我们寻找一间停业的外星人博物馆
像两个贾木许电影里的角色
因为茧壳已经蜕尽
我们把乡音敛入旧翅

半夜在陌生旅馆醒来
寒意依旧是香港的寒意
胃里的爱玉冰化不掉
昨日的蛙兵在潜泳，匕首未收鞘

儿子的脚搁在我的肚子上
暖意也依旧是香港的暖意
夜抛弃我们如一只巨大的蝙蝠
我们不断上升，银河中一条倒淌的支流

徒然呼唤母星，我们心脏的特务
有人在游乐场一角的火炉涂鸦前面
聚拢了真实的火苗
发动简陋的飞船，我为你引路

2018.1.27 台中

重访艋舺

阿公，毋招我魂。
事实上我早已在清朝的一场地震
或者瘟疫中死去
于是所有矮窄昏暗的旅舍
都是我曾焚稿的病榻。
于是所有坚韧潮湿的阴道
都是我再生的杨桃树——
逋逃薮。

阿嬷，毋弃我船。
街角的女子沉默如山羊
长腿上的细纹流下一串银光
我跪下擦拭她们以莽葛之锋刃
而得以成为菩萨。
哦少年仔你在说什么？
你裆下的短刀割疼了巷里踉跄的风
哦阿爸你在说什么？

阿爸，你的刺青篡改了
杂种的死亡。

你的槟榔嚼碎了汉阳的枪托。

阿妹，我们可以一起变老了。

2018.2.8

雨中车出南京南站赴合肥

请忽略不开心的百分之一

人民已经过上了幸福的生活。

雨水中甚至有未拆的教堂

阳光房也依旧在楼盘里等待阳光

一座座吊塔像尽忠的卫士

庇护着横流的什么

指点着欲来的什么。

请忽略停驶的百分之一

列车已经把骤凝的冰碾进铁和火。

2018.5.6

大 桥

噪鹊在集装箱办公室顶上筑巢的时候
已经有十九个鲛人在集装箱外面的海上死去

喜鹊从码头低飞掠食香烟的时候
已经有一条奈何桥在水中的绿影里结成

乌鸦穿上西服挤上巴士替换你我的时候
我们造了一个聒聒叫的棺材来做浮岛的模型

蝙蝠恳求开启一下黑暗的开关的时候
我们增生的骨殖虚构了我们的脊梁

2018.2.11

十 年

一枚十字架尚未被旅游纪念品商店

变卖的时候，更多不能纪念的物品

被眼泪凝结成小小的教堂

眼泪的潮气模糊了你的眼镜的时候

更多人的眼镜依然在瓦砾中粉碎

它们记住了最后相依的眼神

瓦砾在渐冷的身体上挪开的时候

更多的瓦砾在还流淌热血的身体里堆积

它们想要重建什么，什么旋即倒塌

活下来的身体在十年间不断弯腰、伸直

不断磨损、洗刷、纹刻、涂污、拓片、扫描、矗立

代替一块小小的骨殖，成为一枚悬在胸前的更小的校舍

2018.5.12

上海误

我替你饕餮世俗吧
我就是那个无耻之徒

像雨水中，你的蚂蚁与蜗牛都努力活着
尽管没有意义

人与人说的话，走出墓园就会被忘记
不如翠竹，狂草于天空与道路

在提篮桥，爱过的人不再被爱
在尖刀上，错误依然押韵舞蹈

2018.5.19

悼一支笔及无数时代

属于那个时代的一切都不存在了。

——刘以鬯

七十年努力活着的不只是一支笔

那些喧嚣，走过或摇撼过你的窗户

有时只是一段短波广播的嗡嗡

进入或者远离你的稿纸

有时只是一只苍蝇喝醉

你说：努力活着吧，无论为了一碗云吞面

还是一件西多士

在阴霾满天的时代

给另一个时代，七十年前的自己寄一张

没有地址的明信片

有人在乎你的太古城单位

有人计算你卖掉的字今天值多少钱

你说值得在乎，值得计算

历史为我们加了一个注释

我们才是自己的隐喻

明知终点虚无

仍然把自己送上舞台的，我们

尽可能把一场场暴雨切成碎片

蘸点蜜糖，方便下咽

七十年努力活过的只是一支笔

与无数铅字、涂改液、铁尺和网络较量

兽群在阳光中游荡劫掠

只有你淡淡地摸它们的头

仿佛它们是你的儿子

给他们一个个他们记不住的名字

给他们一堆无法继承的遗产

就像某天你吃力地向我问路

但还是朝着你早已选定的方向走去

而我乐意跟着你迷路，一阵子

路消失了，我们只能再掏出一支笔

2018.6.11

晚安诗

打开冰箱，没有酒
只见过去的自己赤裸
裹在保鲜纸里
不肯和我说晚安

2018.6.14

智慧齿

斫成三截

它才肯离开我

如此顽固的智慧

和两年前右边那只一样

抵抗手术刀、钩子、锤和锯

以一种无用的刚毅

说拔出我就拔出死去的龙血树

　"毕竟在你身上长了十多年"

毕竟龋齿也开悟空白

摧折金刚杵

如此痛的智慧

如此银铛坠地的智慧

交付三千块手术费之后

我获得一张"脱牙后须知"

和四段连结空函的线

把智慧锁死在渐老的肉里

须知我的右腕六针锁死的十六岁

须知我左腿血痕里凝固的女儿

须知我后脑上四针刺青的儿子

须知我右肩上消隐的爱

然后这补丁皮囊或许有资格混沌起来
在体腔的深空游过群鱼

2018.6.21

哀悼爱人

尽管每一下拨弦

都是告别的声音

我却等了两个月

才能死你所死

我爱人的名字

森田童子

假如我是狡诈像鲍勃·迪伦的人多好

假如我是早夭像你十九岁告别的

流弹与刑求中的人多好

假如我是

多好

昨日的血

还在缺齿间下咽

无法下咽的

我爱人的名字

你一生都在挽留的是什么

你在一块冰块上刻凿的书信

是写给谁的

你的体温能融化这些字吗

莫洛托夫曳过极黑的夜的时候

假如我是脸上烙下了火药的人多好

假如我是双手被吉他弦绞断的人

多好

2018.6.22

超级月

超级月波动所有的儿子
不波动父亲
我挣扎我是渐冻的潮汐
遥想着我曾经水手的父亲

超级月波动所有的雌性
不波动雄性
我悲哀我是银亮的桂树
静对一把银亮的斧斤

超级月波动所有的异乡
不波动故乡
我若成舟我将无处绑缆
我将成舟我竟刻痕满身

2018.6.30

桂林夜访梁漱溟先生

广场舞大妈们标示了
您的墓地的位置
而不是标语和宣传牌
这很好。山岩奇崛难平
不妨到此坦然少许
夜雨飘泼放浪
也不妨到此踟蹰。

多少人记得您的一问
只有土地本身记得您的答案
用繁茂遮掩，用无常奉献。
远在两处的骨灰
是中国的两个句点，
此外所有的文字增删
都被红墨水涂黑了
再以黑墨描红。

今夜在您墓前
我想起一个尝试接住
您的提问的人

他的骨灰更分散，每朵白浪
都是他的墓志铭。
当乱石如失明的大军
唰唰向你们移动
你们展开全部的宽恕
接纳下那些未降的灵。

2018.7.8

光手里

孩子，我以耳语，把你交到光手里
　　——曼德尔施塔姆

光手里的核，一星半点
铁丁香
你脚踝里更细的，铁鳞
带走了囚笼的一小块

光手里的人子，偌大居所
烛焰上的帐篷
走钢索的人
你角膜里更大的，冰海

寄语哑巴
光在你舌头下安睡
快在黑暗里剥橙
把整个夏天嵌进你的指甲缝

光手里的核，一星半点
铁丁香

废弃的集中营暴雨进驻

是的，我是暴雨，寻找落发

2018.7.12

客居帖

院子现在睡了，

生锈的客人像下了一夜的雨

草书着流水帐：

鸡蛋花树是我儿时的两棵，

但我的童年和母亲没有迁播过来；

鲜黄的喇叭花是新开的，

但泥土里的小蜗牛不辨我的蛮语；

肥胖的蜜蜂在柑橘花间忙碌，

木瓜沉甸甸但还没有成熟；

我十四岁时迷恋过歌德的《迷娘曲》，

被她的乳房充盈过的手

如今互握成一把拧干的荆棘。

哦，小装甲船如刀刈开幽暗，

一队微型的龙骑兵在我的床脚操练：

"瞧，这个人！我们应该奏起银乐

把他由客人碾成客尘，

把他的魂儿寄蝉鸣。最高枝上

会有晚樱饱蘸了风露，代替他画梦予无常。"

院子半夜醒来，

看见我外祖父难过的鬼魂如邮差

把一首母亲的诗塞进我的窗缝。

2018.7.24

假装在西伯利亚

喝水时要赞美星空

伏特加旋转了星图

怀中小女如狐狸蜷缩

隔窗我们喊雪，染了松枝

我们的邻人低首出门

是白熊走进酒窖

学习她做一个寂静无声的梦

梦里全都是未曾爱过的故乡

阳光当头的时候沐浴

某人从自身剥落，余一部黑白影片

安德烈？阿廖沙？"我的初恋

早已死于一九四一、无爱之年。"

隔窗我们喊雪

半夜待雪喊我

2018.9.2

254

大屿往事

我说：明日大愚。

他纠正我：屿，广东话也读罪。

他也是有罪的一代，他和她和我

把罪像一朵火焰，不，像一块死去经年的猪肉

放进雪柜。

据说，把海烧干让海床朝天只需要 1.5 秒钟

假如他把海背起来离开地球。

他一边烧着自己，一边安抚海水的沸腾

唯一的安慰在于：当儿子回家

这煲老火汤已经煲好。

但是儿子不会回家了。

但是大屿山的雨都在空中打结。

但是梅窝的牛在胃里长出了竹子啊。

但是坪洲的白海豚尾巴被剪成花了。

我们隔火观岸，备好蘸料，静候那饕餮光临。

2018.10.13

两 岁

她总在下午三点准时醒来

放声痛哭这个人世

或者抽泣不已

她知道西西弗斯的一些秘密

就像我的童年

黄昏时候总是脸红耳赤

为我的世界感到羞赧

其实那时混乱的星辰正在高速穿过我们

星门在我们的小肋骨中间打开又合上

我确定：我见过你

站在暮色里用长袖子擦着眼泪的小女孩

一支蓝色舰队凭空静悬在你后上方

就像我掌心里即将擦去的一首诗

而四周的人都在建筑着

不属于自己的屋子

2018.10.26

游子吟

离家一光年，回去做一天儿子
做廖国雄和黎爱容的儿子
忘记自己的儿子
忘记光年在我们客舱外壳上的痕迹
忘记那些松鳞和激流的比喻。

三人一起坐火车往虫洞去
"上一次我们仨一起旅行是你三岁的时候"
我记得，肇庆或者广州或者月球
记得环形山相套如掌中小手
记得铁路如你们的铁骨消瘦。

2018.11.8

无 常

"你要早点睡，睡多才会长高，

人是睡着的时候长高的"

我仿佛听见水仙在黑暗中摇头。

"可是我不要长高，

不长高就不会死了"

"人都会死的"

于是诸神沉默，羞愧。

"不过我相信有的人死了会到另一个世界"

这样，孩子啊，此刻有人在另一世界

轻轻把轮子从我们身前移开

诸神啊

至少请为她敷上香膏

在她累极了的手指和脚弓上，

至少如此。

2018.11.13 送李维菁

无情游

如果我死了，我要再死一次
回这大悲阳间来。
路上风光恍惚，有如水鸟相呼。

2018.11.15

断 掌

：断最末端的一桠
我是海里来的怪胎
脱轨机关车
陆地与岛屿的良医都不敢接驳

（照 X 光的男孩让我脱
掉多余的神经和肉、肺腑
并赠夜市的阿嬷
只剩一副骨架）

：只剩一副骨架
断最细微的一桠
我是随零雨而碎的海
战舰与方舟都不敢抚恤

废姓，废性，废除废话
拔一只白乌鸦在切结书上画押
我用残损的手掌……
这一角，是一个被格式化的故国／

2018.11.22

消 息

母星的消息第二次传来的时候

大雾从林口流泻而下台北

洗碗剂在我的手伤凝聚山海的泡影

而我早已失去联络用的密码

凭空折断了耳蜗天线

我能做的只是对着夜树开始书写

与地球断交的信

寄语路遇的独行鸟和漫山遍野的狗子

骰子一掷取消不了偶然

只有夜树自爱亦爱人，挺拔给我永安

历代的疯子都借同一道光攀缘

她随时会拧熄她空中的手电筒

就像我们初遇于骤变的星图之下的一夜

我如今也是光荣的疯子一人

步操在黑象牙的琴键之上

而我早已失去母星的语言

偌大的空心里只剩下走板荒腔

"罗马并不像黑白电影那么透彻清亮

每个人被历史爱上的方式都不一样"

我如今也是不再爱恋地球的一人

用我抵住咽喉的手指发誓

我被百合教会了背叛

被蝴蝶教会了宛转

如约而来，我带着自己如一只蚂蚁标本

花枝沉重我高举着自己如速朽的神像

2019.1.11

生 活

梦中我写了一首诗《生活》
醒来只记得第一句:
　"我们看见人海中失重的景观"
我再次入睡,双肩上各有一次核爆。
想起曾经梦见一只肥胖的水熊虫
畅泳在污水里想念着它已经成佛的母亲
八只脚还是刚毛摆动得快活。
梦中我写了一首诗《生活》
醒来我看了一个男人把螺母打磨成钻戒
互相浪费了许多生命。

2019.1.20

考现学

我们都是无常的专家
从苦涩的树芯里提取火焰。

"哪里来的光将这夜林照亮?
是猫头鹰还是时间留下来的微尘?"

"是昨日的琐碎流转如众灵
我们都是无常的底片"

"这小生命何故来到我身边
她的哭声为何古远?"

林中那位研究地狱的怪兽
日夜在冰箱与烤炉之间逡巡。

2019.2.10

与母亲及子女游动物园

零雨飘落的时候

马来貘在池边止步

栏杆外指导老师说起了白居易

欣慰于梦被貘吃光

我内心耸耸肩不以为然。

事实上我的双肩是河马

在污水中浮沉

我的不以为然是火烈鸟

在幽暗中自燃。

我给女儿指点睡着的老虎

它回头是不是爸爸年轻时的模样

给儿子求证瞪羚的速度

它和猎豹谁先死去谁先再生

给母亲拍摄她和考拉母子合照

缓缓攀爬我已经遗忘的童年时细枝与冷雾……

俄顷万物苏醒！大象撼地，猫熊噬林，狐狸跋扈

家长们学习猩猩的缓行，不时张望彼此，为肥颐而羞愧，

　　为厚颜而顿足。

发出短笛一般的哭声之后

马来貘猛地蹿过铁网，将我像一个梦那样完美囫囵。

2019.3.17

春诗四章

春　宴

他连我家的料酒都喝光之后，决定打电话去波士顿。

那个晚上越洋电话的三人，现在只剩下我一个。

光浓缩着宇宙，提炼一撮极苦的盐巴。

光摧残着爱人，碎一地少女椿。

那是 2001 年，我们的太空漫游被无知的人类断了电。

现在只剩下我一个还没有窥伺黑洞里透明的婴儿（你们
　　轮回了吗）。

现在只剩下我一个继续被大火猛炒，不知将成何等佳肴。

2019.2.16 念亡友马骅、孟浪

春 馔

我与一条毛毛虫分享这璀璨暮光

以及突然变得无边的寂静

它不断攀缘成一个笑脸

从我过度曝光的脸上提取曲线

我们都是偷生的专业人士，熟知死亡的行踪。

尸解我们的，往往是更专业的蚂蚁

它们闻风而动，守候在我们甘甜的呼吸旁边

聚集成某本经典的断章残简

纵使巨掌如圣宠常常把它们推进天堂。

因此我们一起寄身樱花树下等啊等

等第一场春雨把花瓣无情击落

成为我们刺身上的金箔、

伴菜、小铭牌。

2019.1.18—2.24

春 烬

> 他打败了我们
>
> ——策兰

大片的光像被打败的天使

在花瓣的背面喘息

他们爱但闭口不言

爱是如何成为暗下去的花园

只有我从天使当中走出

熟练地收拾饭桌上的残羹

熟练地洗涤浴缸里的小孩

熟练地掩脸佯睡、做一个流亡的梦

天啊，我竟在灰烬中飞行了二十年

仿佛自己是一腔倾泻的子弹

而天使们变老，变坚硬

如蜷曲的花枝在午夜之月耀中上升

我们偶尔并肩，聚散不明

当众星骤然被遗弃

银河的轴枢折倾又旋正

我关上每层楼的灯，捡点门锁的微安

2019.3.4

春 归

春灯犹豫着张起，

三姐妹检点着自己的遗骨。

最小的那个混同于镜头后的樱花

是姐姐和前夫的女儿。

在京都，薄暮深林下起了雨，

我找不到旧情人的墓碑：

那个把"空"刻上顽石的老头子。

顽石和三姐妹都比你懂得"空"，

一会儿排成一字，一会儿排成人字，

艳粉骷髅从瓶中飞起。

哑青蛙带走了你藏在旅衾下的指环。

我们向地球索取了那么多，

仅仅回礼以我们的尸体。

                                        2019.3.30

之 前
——给女儿

其实在印成一本诗集之前
树已经在写诗

承载那些带电浪游的神经之前
矽和我们相约回到白垩纪

在我说爱你之前
已经有 45 亿年，月球用潮水抚拍岛屿

2019.4.8

访 旧

我还在。

写过的每一个字问我那个问题。

我还在。然后它们伸出它们的笔画

拍拍我的肩膀。

要知道，很多人离开了，有一半成了鬼；

有的，是半人半鬼。

那样也挺好，总比假装在要好。

芒刺一般翻滚的热雨，总把我们割得遍体鳞伤。

芒刺一般饥饿的热雨，总是饕餮我们积赚的痛。

我还在。

欢迎来访。

2019.4.14

我们没有去过乌索利耶

我们没有去过乌索利耶，它存在吗？

它和月球哪个更真实？

一个乌索利耶的女人手提黄色塑料袋

和她的头发一样在灰色的城市缓缓暗下去

我甚至看不清她是独个穿过苏维埃的废墟

还是带着她那个长得像塔可夫斯基的儿子同行

起码在一瞬间她的头发真实闪耀她的男孩紧靠

她的身体要在一个摄影镜头前面保护她

乌索利耶，这是我第一次也可能是最后一次写到这个名字

除了这个名字我不知道这张 Google 照片里面任何一个名字

乌索利耶，我们从没在这些单调的居民楼里考验我们的婚姻

我们也从来没有在森林边缘的围栏上等待对方

我们没有去过乌索利耶，风照样像海一样

把月球和西伯利亚缓缓推近我们渐老的心脏

2019.4.19

卖玉兰花的女子

不知是高速道路桥梁的阴影，还是她自己缝制的兜帽
遮掩了她的岁数

反正我听不见她怯生生的叫卖，只看见她含笑侧头
我余生的纯白部分被掐下买走

我常常在国道入口前面车流最汹涌的十字路看见这女子
我常常忘记了我曾在自己站立过的十字架下看顾这女子

当几乎所有的车都在抱怨回家的路太漫长的时候
她总是准确敲开某一扇今晚就决定迷失在高速路上的车窗

当所有的我自春风中惭愧低头收拾自己的香气的时候
她不向我走来，她不给我枯萎的机会

2019.4.22

晚安，人类

"个、十、百、千、万、亿、
兆、京、垓、秭、穰、沟、
涧、正、载、极、恒河沙、
阿僧祇、那由他、
不可思议、
无量大数。"

"万以下是十进制
万和亿之间为万进制
万万为亿
亿以后为亿进制
亿亿为兆
亿兆为京
亿京为垓以此类推到载。"

载不动了
晚安二字
从指尖涌入万维
荧幕频闪，足矣
我庆幸你是比无量更大的个位

2019.5.1

候 鸟

——致敬　西西

微小的

在入夜起行

避免误判高楼或灯塔

是黎明的光线。

喑痖的

远离声音

辨认枪声和诱鸟

不爱也不恨。

只有一条河流静静

穿过我的头颅

承载几个地点

所有的风土。

像一支箭

逆转我的羽向

让我无论在何处筑巢

也可以像你一样

清风两袖。

微斯鸟哉

无谁与归。

我们一路削骨

直到全身变成笔

挂上飞石与弹丸

撞上高压电线

成为白昼扑日的猛禽

黄昏时

往故人的阁楼敲窗

无所谓送信或收信。

2019.6.4

暴雨中读宫泽贤治

"喂，兄弟

给我点回应

从那漆黑的云中。"

云从泰山爬上林口

吸干水碓窠溪，笼罩东湖路

旋即把矿石般的雨水砸向我的窗户。

芭蕉在雨中激烈扬手，

像鬼魂的热情被婉拒的时候。

你面容清丽，是云的画笔描深了你的眉目吗？

你发梢滴水，是从我们的火狱之上蒸腾的泪吗？

诸神缓缓沉降，有愧于所有努力生存的虫鸟。

我无法开窗取回这些原属于我心的钻石，

我无法成为贤治那样的人。

远离耕地与废墟，远离那些游荡在山间的鬼魂的

这样无趣的一个我，缓缓扎紧了绑脚

马上也能像敢死队员一样

把夜行衣以血染透了吗？

在疾驰的乌云中

无法推开车门

游进那些我们年华中骤燃骤灭的激流。

2019.6.23 兼为马骅远去十五年祭

契 阔

我躺在冰河浮沉前行的时候
我父亲的幽灵想必会在灰绿色的天空
俯瞰搜寻我的影踪
如此寂寂，一双马眼，或一对蝙蝠翅膀

悠久的天使在我背后支撑着航线
多年后我们都交织成铁网上的流星
我父亲遗忘了我五岁那年他买过一张彩票的号码
但就算他记得上帝也会赖账

2019.9.26

靶 心

它射击的

是他唱歌时右手摆放的左胸

昨天我们唱歌的时候，它已经瞄准好了

然而明天

我们继续唱歌，继续把手放在那里

因为那是心脏的位置，没有别的地方取代

2019.10.3

感谢貘

八年了，十八年了，似乎完全没有过去。
在梦中虚构了往事，那不应该存在的嬉戏
并没有浴缸，即使有阳光，笑声也消失在貘的肚子。

从什么时候开始，城市里升起的烟不再是炊烟
只有一个目的。而你却是不承载于这烟的。
你还在窥探泥土里雨水的流向吗？
你遇见貘。

感谢貘，吐出了骨头。
当另一些人纷纷预定了盖身体的旗帜，
你脱去了甚至只相当于玻璃的衣裳
沿着它在深渊旁边的哀鸣，漫游我乌云的耳蜗。

就像十八年前我曾经用呼吸漫游你的耳郭。

2019.10.5—8

夜 赞

云箔延展黑鸟的屏息
林口上空庞然夜色
超出我等人类耽美的驾驭
好比小岛是投影机
把微茫投射给虚无

假如这真的是赞美树木
就等同犯罪的时代
那就让我陷入这星星的图圄
假装世界依然美丽如昔
代替那不再在世的少年仍目睹

假装夜气氤氲中有巨手
挹抹去人间某些劫数
安慰三四只未眠萤虫的起落
教说与温煦的童梦
重回另一座阵痛中的岛屿

要知道我们尚未诞生
真理是摸黑检点的行装

野犬与骏马守候的林莽

我们是伸手不见五指的骑手

还是这夜色加冕的神偷？

在更声渺渺的年月里

寂寂降下帘幕

感谢某颗星子如夜眸垂顾

假装世界依然纤细如昔

代替那不再在世的少年仍爱抚

2019.11.7

忆南国

十天前，槟榔咀嚼黄昏的稀薄
屏东武道馆里，吾儿与斜光相搏
像他的父亲一样，被微尘过肩摔
被幸福辩驳

一个月前，大屿山再一次在陆沉中升起
承托我只不过路过的幽灵
吾父与香港一起涌来，摇撼赤腊角的拒马
像他的儿子一样，突然被无人之阵围困

一年前，一场细雪在钟山之麓熄灭
欺骗我只不过亡国的幽灵
吾友挣脱南明的草木，梦见桃花庵
像她的爱人一样，落发在为奴的前夕

呜呼不知在何年兮，千径自经
勒于大庾岭，散为无边自由民
吾祖卸甲，与猿猱换一把溪钱
生死也不以笔墨沾染

2019.11.22 南京

安 娜

"我从九千公里远道而来就是为你点火"
"在时间、痛苦和拥抱之外回响"

这两句几乎就是一首诗
在落落雪山之间轻风跳完了狐狸的素描

猎人追踪也走了九千公里路
他伤口掏出的火轰然唤回了时间、痛苦和拥抱

2019.12.15 悼念 Anna Karina

见未名湖冰封照片

不见七年了吧
你依旧自顾自凌乱
疏野、沉默、倔
和北京大多数事物不一样
伤口多一点，清瘦一点。
二十年前冬夜
那个被雪球击倒在你身上的人
那个因为吻你把嘴唇冻僵的人
他埋进你的玻璃旗袍里的小纸条
还在吗？变成鱼了吗？
你倒给他取暖的那一盏小酒
终于在他的修罗路上洒光了。

2019.12.31

冬 心

谁分江湖摇落后，小屏红烛话冬心。
　　——龚自珍

我们在梦中找回那无人的车站
作暴雪里被庇护的居所
诸神裂开，地球有了新的礼物
最后最好，只有我们陈旧。

只有一个人被告知六月的行踪
他已噤口，我们可以放心。
寄望嫣红化血还不如灰白压屏：
寄不出的信正好叠成口罩。

为了烧铸冬心，我们自备火山
不过是一个冷碎了的暖瓶——
旧军大衣里的裸身，
策兰与巴赫曼寄居过的两枚杏仁。

那么多废品，以为可以从河水里
赎回我们的骨灰。

而江河、湖海、激浪、熔岩——
都已经成为我们的情人。

2020.4.5

一张 1987 年的照片

父亲依旧缺席

不知道他是刚刚从香港回来

站在镜头外面，像照相师傅

检阅我们眼神的焦点；

还是又已经匆匆离开

站在这四人的命运外面，像气象员

注视天文，却不报告四周的阴晴和雨量。

母亲竭力坐得中正

恪守去世不到一年的外祖父的庭训

但解下了从七十年代就精系的头绳；

她不过三十六岁，和两个儿子一样属兔

她的余裕比积蓄还少

因此不能有扑朔的脚和迷离的眼

只能正面迎击想要吞噬这张照片的异乡。

至于我们三兄妹，不注视时间另一头的我们

只思疑着照相馆布景之上的无数空间

我的柔弱也许是要准备猫身潜入众星；

妹妹的冷眼也不见得没有童年的护荫

甚至这个小婴儿，满不吝，成为纹章中的心盾
似乎他保证了某些光从出发
便持续照亮前程。

幕布上的长江大桥
意义和他们即将一再跨越的风景无异
绝不预言今天的病毒与洪水；
一滴火在黑白中间流淌，只属于我的珍藏
渐渐一切都是它的蚀痕——黄昏雨停
木头架地相机的冠布内
一个栩栩世界在月耀下感光、显影。

2020.8.22

吊客与凶年（组诗选十八首）

立 春

如果一个孩子被成为孤儿
那就是说我们所有人都是孤儿

当列车出轨母亲们请做好准备
隧道漫长母亲们请做好准备

相聚时我们唯一的依靠：乳房
诀别时我们毫不犹豫：海洋

原野从没像此刻那么像一本禁书
写满了叛军的方向

而死者渐厚如一场春雪
不断地抹去又加上新的脚印

2020.2.4

蜜

养蜂人与秀发都死去
蜜蜂和梳子长成幽暗森林
够了，男孩给自己上好了闹钟
他问这老地球：一天等于多少微秒？

男孩也会长成养蜂人吗？
更多人的父母死了，更多人的子女死了
殡葬车驶进透明的深水，鱼们追逐呼叫
只有该死未死的人还没听到

男孩爱慕光头的女子，始于这一年
这一年被剃了光头的女子流不下的那滴泪
是地球唯一的蜜
妈妈

2020.2.21

春 分

春季每多祭典

妈祖不是最后莅临

日本的罗汉挥汗迎銮

韩国的金刚力竭归山

早樱似刀难以回鞘

病毒如巨轮轧轧

不缓它的还乡路

活下去！管他春风掀瓦

管他漫山遍野，都是纸片人

黑猫飕飕

弓起浪

活成树，潜泳里轰鸣的钢琴！

2020.2.25

致意大利

Chiara，星星的血可否用于疗伤？

火烧草占领着教堂

被遗弃的海在默祷

当她离开

她带着一卷卷白布里的，不是书画

是那些五维了的死者

二维了的城市

一维了的生

如果回去那一天，十年前的佩鲁贾
我也会走出阳台，接住坠落的天使
和她说：对不起
回去十年前的梵蒂冈
在柱顶扬手，像挥舞琴弓
接住那滴
将进散在她大理石脸庞上
的黑雨

2020.3.21

见落樱

地狱的屋顶上已经落满了溪钱
赏花的人还在静静地排队
捂住她的嘴巴的不是口罩
绊住他的脚的也不是骨灰

寂静收割着东湖上的微步
潮水催收它的贷款，我忘了
我们曾经向春天借下巨债

赏花的人用烛光拍摄过曝的照片

致欧罗巴

我们大地上的垃圾渐渐燃烧熄灭。

那十亿株高耸的、弯下哀悼的头的

蕨类

依然为明天准备粮食

欧罗巴

这头牛却宁愿吞下六柄尖刀

它读不懂这些方块字

也拒绝藏蒙和手语

消瘦的修士袍裹住它自己的巫师

符腾堡敲下三十个字母三十颗钉子

海子白白死去

荷尔德林白白死去

我们残躯中的零件将被送往迪士尼乐园

拼装光剑，或者花木兰的胸衣

父亲

我残躯中的零件

终于未能归还给你

阿童木，或者哪吒的头在疯转

这一片酩酊的夜海读不懂我的名字

虽然我早已向它献祭圣修伯里。

2020.3.26

梵蒂冈 / 旅客须知

因为曾有接待客旅的，不知不觉就接待了天使。

（《圣经》，希 13:2）

我们用整个地球接待你

——我们仅有这张千疮百孔

的行军床

不知道虱子与铜板之间有你

哈利路亚

像不知道爱与黑死病之间有圣母像一样

我们老态龙钟的侍应生方济各

在荒野一般暗且广漠的客房里为你洗脚

小心码放好

你行李箱里的坟冢千万

折叠你的斗篷像折叠一场暴雪

从你的鞋子里倒出一群钢的知更鸟

哈利路亚

你势必能辨别倒毙的马腹中的婴儿与蝙蝠

当他们蜂拥而出

用赞歌捂住你的祈祷

我们的梁柱倾斜，疏于调音

我们的琴键潮湿如一堆稻草

我们的教堂是烟，屠宰场是雾

比画着刀子摸索

清洗着刀子祝福

哈利路亚，我们是在瀑布中纵火的人

雨燕、赫佐格与印第安人都是我们的佳肴

请你收起门缝下塞进来的殡葬广告

不要尝试拨打那些艳照旁边的号码

明晨早起我们没有唤醒服务

但有起床号

茫茫、茫茫呼聚那逼近人世的荆棘

它们将在你的白衣上划出血痕

好向你指示上帝遗忘的地图

2020.3.29

吊 客

我以为在边境能发现我们的墓碑

那碑上的号码篡改了我们的名字

我以为可以从凶手那里取回我们的骨灰
然后发现凶手已经在骨灰盒上面营居

还是有一个少妇手持一片花瓣叩门
一声一声，是火舌在春荫中热吻

生作为一个寻欢者总是孜孜不倦
死作为一个流浪汉又何尝错过喜宴

2020.4.12

长日将尽

风缓缓在高窗前
升涌的树冠暂息
女儿睡着了
像普天下的女儿
我的右肩留下她心形的汗渍
像普天下的父亲
我不会想象另一个世界末日
不管乱山已经渐生它们自己的秩序

在幽径、街道和高速公路之外

不管病毒早已排好嘉年华的队列

人类的手被轻轻从方向盘上拨开

即使他从未掌管

这高唱和撒那的灵风

在默念客西马尼园的一夜

苦苓林的一夜

溱与洧的一夜

伤膝溪的一夜

世贸犬牙与矛戈耸峙的一夜

我不会想象另一个黎明

只能静待火海滔滔如经卷

席卷键盘上的十指

祂将选择在哪一刻暮色四合

抚平原野与遗址间万兽的嚎叫

说吧，塞纳河

密拉波桥底下那一对恋人可见到

鱼龙寂寞

那投河的一双手

打开了荇藻间

夜之宝盒

逐片叶子，万、亿、兆片叶子

——抹去这一刻

只留下女儿轻呼

吉他静音

云无颜

游魂们像吉卜赛人在圣母院里生起篝火

2020.4.19 兼祭保罗策兰离世 50 周年

当野草最近在庭院苗壮生长

> 我哀悼着，并将随着一年一度的春永远地哀悼着
> ——惠特曼

当野草最近在庭院苗壮生长

开放它们那些仓促如冰雹的小花

悼词被一再删节

死神也被销号，据说他造谣

我走出疯人院，仰望你一根根掐灭

晨星的烟头

据说将要来临的是剧烈的永昼

据说我们的祖先，他是个阉人歌手

当野草最近在庭院苗壮生长

我把紫丁香和海笔子相混，还有夹竹桃

把它们移进我破裂的复眼

我的挽歌押错了韵

霉点轻轻降落在洗衣机的深渊

像雪落在灰蛾麇集的海面

我有千吨木，无法移进曼哈顿

据说。这是你滚进草丛的皇冠。

2020.4.27

你在滑向死亡

你在滑向死亡

双脚在冰面上蹒跚

你越来越死，并无灵船接待

无黑人抬棺、无花包围你的脸

你不忿的只有他人的死

那些比你更勇敢更年轻的人

他们这么轻易牺牲现在哪儿去了？

你活着只为了证明死神不是瞎子吗

除了一声叹息你的死与一只蚊子无异

侥幸躲闪着星光和耳光

尽管你的生兼顾了微情与大义

不像它光顾着吃

你该感谢有星光如芒刺你不能回避

你该感谢有碗碟在粉碎前日夜连结你和清水

2020.5.1

能拯救我的只有乱花与锈

能拯救我的只有乱花与锈

毁灭我的是月亮和透明的鸟

没有任何理由

我依然路过这些入梦的寺庙

拎回红白蓝的外带餐点：三五弹孔

隔夜勿舔，血已腐

能出卖我的只有摩托与露

收买我的却有狐狸和猫

你变化万千，价值零元

热爱不如幽媾

小苍兰，小苍兰

这位擦肩而过的天使

我知道你的口罩下面

藏着两朵瑟瑟的小苍兰

跟飞蚁一样：脱翼、蠕动、死亡吧

即使这样无意义的一生

你们还是比很多人类要好

2020.5.7

小 满

我们躲在上帝看不到的地方

感激他的馈赠

时间损毁一切钻石

当然也包括我们

黑胶唱片沙哑之后

我们整理好皱纹交给唱针滑翔

时间给予所有尘埃微声

当然也包括我们

2020.5.10—12

当最近昙花纷纷在异乡的夜里开放

当最近昙花纷纷在异乡的夜里开放
我不忍问及她如何血肉分离。

她的香与伤诀别如何像子时从午夜分开
一刹那如纵猫，一刹那告别丈夫与儿女。

事实上那个不叫廖伟棠的人才更像我。
带着回邮信封离开天堂。

事实上人间的离别才刚刚开始
我们深一脚浅一脚涉水进入桃花源的骨冢。

挽一匹马，一匹情人的马更接近香港的纵谷
它的喘息更接近抽刃的花瓣。

光凌乱画一幅少年游。我们的清明上河图
我们的失笑好地狱。

2020.6.29

立 秋

有的人偷偷死过一次，又活第二次
在这个喧嚣的世界他们一点也不慌张

这样的人你能咽下去吗？
他不会轻易竖起他的旧骨做成的长矛
你能咽下去的，是这大地上腐败的尘烟

列车再度启动时，你卷起你的蛇皮大衣
突然手忙脚乱，你发现蛇皮都变成了粉末
你是一条裸虫，透明近乎乌有

和你不同，我偷偷死过一次，又活第二次
在这个幽寂的世界我一点也不慌张

2020.8.10

致 雪

好久不见了
看什么都像你
尤其那些在路边烧不尽的火

那个徘徊、积压

又飞旋起来半米的我

给我寄一面镜子吧

给我寄一个锋利的湖

最好还有一只狐狸

穿过它的死到达

白桦林

都没有也没关系，我们两手空空

就像初见那年

一开口，白气就萦绕我们的嘴唇

一亲就痛

一无所有，就大喜悦

2020.9.23

寒 露

死者无所不知吗？做梦的人一无所知

而这些被供养的肉体又有什么值得探知？

它们的存在始终不如一阵风

我们如何听凭雨声带我们走向土豆地狱

像宠物鼠用我们的脂肪与脸颊肉搭建乐园

雏菊乱飞，女巫们围坐剪纸，为你裁衣

2020.10.8—10

立 冬

立冬

你准备好值夜更了吗

如果加建的路灯并非为

照亮黑夜而仅是

用光向你的手腕敲钉

你检查了刹车

但别忘记油门

你暂停载客因为

你早已超载了沉默的重量

那么你要做变形金刚

还是在摩天楼顶抱着避雷针入梦的

巨猩金刚？

是的，你有晚礼服

就在车头飘扬

褴褛得像一面旧的旗帜

星星和条纹

都被生锈的风磨损

所以你准备好值夜更了吗

那些孩子都站在悬崖上击球

你不是唯一的捕手

那些孩子把金色洒遍黑鱼的巨腹

你打开便当

成为彗星吧

既然你是光速的

尘埃

你必须是光速的

晨海

2020.11.13

给肉身的留言

我好奇你、思虑你：

这具跟随了我几十年的躯体

最后之后，行方不明

你丰盛俨如记忆本身

停厝岸边：三十年前我写过的白河之岸

借你的手写下的。你是你，因为我是你。

也许你不会把这张地图从血肉中还给我

我尝过你，血酽于茶

我供养你甚于敦煌的风沙

而你鲜艳无碍，入夜时你的射线凌乱不明

几乎绊倒梦里的我，当我尝试盗取你的藏品。

非卖品。

我曾用各种方式触碰你的末梢，把爱

翻译为欲传递向某个深渊，欣赏其涟漪

而你复平静无碍

代替梦里的我，与天意猜一些哑谜

在你告输之前你永远

结实、光洁，如你的第一次勃起。

于是你是你，我更是你。

方如大海颤栗

接纳你的暴雨

2021.2.23

缅甸文辞典

从一个晚上开始它突然

打不开了

就像人类的自由史上

无数个突然的夜晚

无数人被非人销声

但没有匿迹

这些血，是最顽固的印刷术

一小圈一小圈的滴落

永远有缺口

永远在拥抱

让我想起这世界上最梦幻的文字

肥皂泡一样的缅甸文

永远在破灭

永远在滋生

当它书写疼痛、不屈和怀念的时候

它和全世界所有的文字是一样的

传诵于鱼、奴隶、猎人和未亡人之口

不需要翻译

我们吞下，用肝胆保留

2021.3.20

在世界睡眠日

　　——悼扎加耶夫斯基

在世界睡眠日，

"睡觉是一次死亡的演习。"

一篇科普文告诉我，

"死亡又未尝不是一首长诗的一行。"

我接着想。因为那天

同时是世界诗歌日，

我获邀为一些我看不见的外国

爱诗者朗读我广东话发音的诗，

在 Zoom 上——

我如果睡着，那就是在动物园里。

第一个朗诵的是熊，俄罗斯人熟悉的动物

接着朗诵的有夜莺、土狼、花豹和老鲑鱼

最后是我

以一条响尾蛇的存在游过它们

发出它们都听不懂的声音。

当我醒来。

诗人已收拾好他的皮箱

诗人已收拾好带冰刀的溜冰鞋

以及他在一世纪严冬的冰面上

刨出的冰花。

而世上的人仍在阴阳交替的星轨上沉睡

——正如他所愿。

他说："孩子，

回去吧，趁人们还在做梦。"

他终于离开他的波兰

那个我始终向往而未能踏足的国度

那个被东西方同样蹂躏的夜之湖

现在静极了，

天鹅，这只迥异于动物园里所有动物的存在

用羽尖接住了不存在的曙光。

2021.3.23

出死入生赋

——悼太鲁阁号车难受难者

他们不会在儿童节复活

他们不会在清明节复活

他们不会在复活节成为游魂或者顽童

他们只会在山海的缝隙错裂之处默默缝合

这同一日的意义飘渺的暗合

于是这些回不去家的人终于举手为檐

为生者遮挡雨水；这些

梦不见渡船的人终于接风为帆

裹起生者的咆哮；静

他们把近击打出远—— 一连串的扁石跳跃水面

东不可能是西，当他们向东，东就是东面野马扬鬃向西

死不可能是生，当他们入死，死就是生之奔命稍早抵垒

当哭声仍然在云间抛物线未落下。

诗不可能是摇篮曲

诗是摇篮，是松枝扫帚，是拒绝手指探寻的钉痕。

2021.4.4（是日同时是儿童节、清明节及复活节）

喜 雨

它先好好洗自己
我骨清澈
来往的矿脉一目了然

再来洗城市和乡郊
竹子和钢铁
洗我的十指筑的巢

它洗所有的鸟
尤其鸟的鸣叫
让人学习风如何敛羽
然后吹奏

喜悦会等待我们的
喜悦等待一切愿意等待的
用趾爪紧紧抓住细枝的人民

看我的喙
穿过渐渐亮起来的
雨的袈裟，亿万默颂的微尘

2021.5.29

父亲，我在那满天星斗下睡着了吗

父亲，我在那满天星斗下睡着了吗

三十多年前，是否和今夜一样？

当异国的电波掠过天台上的凉席

那些暴雨是否像鲜花一样贯穿我的胸膛

最小的树也在牵手台风的末梢

而蟑螂们天然知道避开我的阴影

在死亡前夕狂奔

那少年巡游在那些演义的片段，像鱼龙浮沉

于明晨的戈剑

父亲，你还能在五浔深的海水中打捞我吗？

当你的远洋货轮空空，不再承载所谓的命运

你能否掬起我如虹散落的鳞片？

2021.7.22

答故人
——安得促席，说彼平生

我可以拥抱你

假如促席略大于宇宙

略小于，你的宽袖

死亡的长度

在它开始时就被消除

石墓中止时间

置换给我们另一个空间

我诉诸理性

以烧纸变化出薄酒

但树影、月的寒气

在本夜更浓

你完成了你的时代

不过是洪水前的一声嗷啸

收敛它的是梦（为远别）

是未墨的书（被催成）

是不停流泻的沙堡。吾友

我的血亲、我的流星追逐

当你洗犁我能感觉这锐利是安慰

击向空钟

当你卜水我能感觉这枯旱是安慰

挹挽丝纶千浔

我称呼你现在的名字为鬼

鬼就是我未来的御风

归来在他面前

踽行三步

说平生

未央的欢愉、永灿的露

2021.8.22 追赠故友胡续冬

图书在版编目（CIP）数据

半夜待雪喊我：廖伟棠二十五年诗选 / 廖伟棠著
—上海：上海三联书店，2022.4
ISBN 978-7-5426-7481-4

Ⅰ.①半… Ⅱ.①廖… Ⅲ.①诗集–中国–当代
Ⅳ.① I227

中国版本图书馆 CIP 数据核字（2021）第 234747 号

半夜待雪喊我：廖伟棠二十五年诗选

著　　者 / 廖伟棠
责任编辑 / 张静乔
策划机构 / 雅众文化
策 划 人 / 方雨辰
特约编辑 / 简　雅　王文洁
装帧设计 / 张　卉 / halo-pages.com
监　　制 / 姚　军
责任校对 / 王凌霄
出版发行 / 上海三联书店
　　　　（200030）中国上海市漕溪北路 331 号 A 座 6 楼
邮购电话 / 021-22895540
印　　刷 / 山东临沂新华印刷物流集团有限责任公司
版　　次 / 2022 年 4 月第 1 版
印　　次 / 2022 年 4 月第 1 次印刷
开　　本 / 1092mm × 860mm　1/32
字　　数 / 144 千字
印　　张 / 10.5
书　　号 / ISBN 978-7-5426-7481-4 / I · 1748
定　　价 / 68.00 元
敬启读者，如发现本书有印装质量问题，请与印刷厂联系 0539-2925659